항일 민족시인의 삶과 문학

詩에서 길을 찾다

손흥기 문학평론집

문화앤피플

이틀 밤 사흘 낮을
내리 쏟아붓는 폭설로
하루 다섯 번
읍내 가는 신작로길
두절된지 오래 됐고
전화마저 불통 된 골방에
쿨럭이고 앉아서
쥐오줌 얼룩진 벽천장의
사방연속무늬만 대책없이
헤어보며,

그리운 사람에게는
소식 한 자락 없는데
돈도 되지 못하는
생똥 같은 시나 끄적이면
대체, 뭘 하나

텅빈 겨울산,
바람 찬 들판 가로질러
훨훨 손 흔들며 날아가는

텃새 떼...

2024. 겨울 깊은
내설악 한계령 에서

제1부
항일 민족시인을 다시 읽다

제1장
'풍난화 매운향기' 만해를 만나다

제2부
시에서 길을 찾다

제1장
'푸른 하늘'과 '푸른 들'의 노래

제2장
존재의 무상함과 소멸의 아름다움

제3장
따뜻한 밥 한 상 같은 시편

제4장
나의 삶, 나의 시

제1부
항일 민족시인을 다시 읽다

제1장
'풍난화 매운향기' 만해를 만나다

풍난화 매운 향기
님에게야 견줄 손가
이 날에 님 계시면
별도 아니 더 빛날까
불토가 이 위 없으니
혼아, 돌아오소서.
　　　　－위당 정인보

‖ 시인으로서 만해
　　－사랑의 증도가證道歌 '님의 침묵'을 찾아서

‖ 독립운동가로서 만해
　　－풍난화 매운향기, 만해

‖ 스님으로서 만해 한용운
　　－불교의 대선사大禪師, 만해

‖ 시인으로서 만해 한용운
-사랑의 증도가證道歌 '님의 침묵'

□ 불멸의 시집 ≪님의 침묵≫을 쓰다

 1919년, 3·1만세운동의 주동자로 3년 형을 선고받고 만기 출소한 만해 한용운은 조선물산장려운동과 조선불교청년회를 조직하여 불교개혁과 민족의식 회복운동에 열정을 쏟았다. 만해는 1925년 다시 백담사로 들어간다. 적막 속에 파묻힌 백담사 선방에서 그는 온 가슴으로 불태웠던 '님'을 글로 옮기기 시작했다. '님'을 그리는 순간, 침묵 속에서 민족과 중생, 불법佛法의 노래가 용암처럼 분출했다. 모두 88편의 시를 『님의 침묵』이라는 제목의 시집으로 묶었다.

 한국 근현대 시사詩史에서 기념비적 시집으로 평가받고 있는 만해 한용운의 『님의 침묵』은 1925년 8월 29일, 내설악 백담사에서 탈고하여 1926년 회동서관匯東書館에서 간행하였고, 1934년 한성도서주식회사漢城圖書株式會社에서 재판하였다.

 시집 『님의 침묵』의 핵심적인 시어詩語인 '님'의 상징적 의미는 단순히 연인, 조국, 절대자뿐만 아니라 삼라만상에 존재하는 생명의 역동적인 존재 양상들로 확대되면서 밀도 높은 상징성을 갖는 근대 시집의 새로운 지평을 열어젖혔다.

 만해는 소멸과 생성, 부재와 현존, 이별과 만남, 현실과 초월의 변증법적 극복 과정을 시어詩語 '님'으로 상징화함으로써, '지금 여기'가 아닌 초월적 세계를 향한 절절한 시적 염원을 노래했다. 이를 통해 눈에

1926년 회동서관匯東書館에서 간행한 ≪님의 침묵≫ 초간본

보이지 않는 절대자의 모습을 시적詩的으로 형상화함으로써, 시집 『님의 침묵』은 인간의 종교적 심성을 드러내는 상징시의 한 전형典型을 보여주고 있다. 따라서 이 시집은 서구로부터 상징주의가 이 땅에 유입되어 자유시가 정착한 이래, 미학적 완성도를 획득한 최초의 시집이라는 시사적詩史的 의의를 갖고 있다.

□ 왜 『님의 침묵』인가?

『님의 침묵』은 일제 강점기 1920년대의 혹심한 언론 탄압 내지는 표현의 자유에 대한 억압에 문학적으로 저항했다는 점에서 의미가 크다. 따라서 시의 비유 내지 상징 양식을 통해서 보다 높은 차원에서 문학적 저항을 시도한 것이라 할 수 있다. 이 점은 "해 저문 벌판에서 돌아가는 길을 잃고 헤매는 어린양이 기루어서 이 시를 쓴다."라는 '군말'에 제시되어 있다.

님만 님이 아니라 기룬 것은 다 님이다.
중생이 석가의 님이라면 철학은 칸트의 님이다.

장미화의 님이 봄비라면 맛치니의 님은 이태리다.
님은 내가 사랑할 뿐 아니라 나를 사랑하느니라.
연애가 자유라면 님도 자유일 것이다.
그러나 너희는 이름 좋은 자유의 알뜰한 구속을 받지 않느냐.
너에게 님이 있느냐, 있다면 님이 아니라 너의 그림자니라.

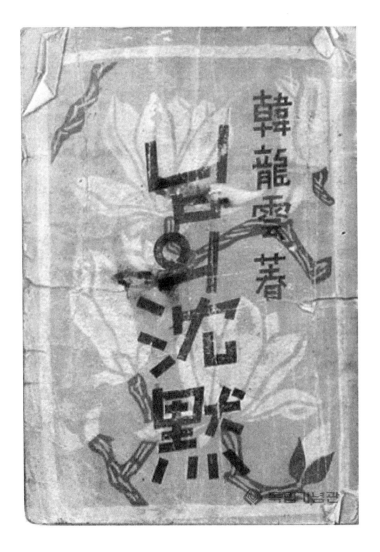

1934년 한성도서주식회사漢城圖書株式會社에서 재판 한 ≪님의 침묵≫

나는 해 저문 벌판에서 돌아가는 길을 잃고 헤매는
어린 양≠이 기루어서 이 시를 쓴다.

"님만 님이 아니라 기룬 것은 다 님이다"에서 알 수 있듯이 연인만
이 님은 아닌 것이다. "길을 잃고 헤매는 어린 양", 즉 당대 식민치하
에서 방황하는 민족의 모습일 수도 있으며, 또한 빼앗긴 조국의 모습
이기도 하고, 실현되지 않고 있는 이념이거나 진리일 수도 있는 것이
다.

다시 말해서 '님'은 연인이라는 개인적 의미일 수도 있고, 조국·민족
등의 규범적 의미일 수도 있으며, 정의·진리 등의 이념적·지향적 의미
일 수도 있다는 점에서 이 시집의 형상적 우수성이 드러나는 것이다.
이렇게 볼 때 전체적인 내용은 이별이나 사랑의 고통 그 자체를 노래
한 것은 아니다. 오히려 이별과 그 고통 속에서 참다운 삶의 의미를
깨닫고, 마침내 임과 사랑의 의미를 새롭게 발견함으로써 빛나는 만
남을 성취한 생성과 극복의 시로서 성격을 지니는 것이다.

□ 기다림과 희망의 철학

『님의 침묵』 표제에서 침묵의 의미는 단순한 명상의 침묵이 아니
라 생생한 삶의 몸부림과 깨달음이 용솟음 치는 생성의 적극적 침묵
인 것이다. 표면적으로는 남녀 간 사랑의 애환을 노래하면서, 그 심층
에 당대의 빼앗긴 현실과 민족을 되찾으려는 끈질긴 극복 의지를 담
고 있다는 점에서 예술성과 사상의 조화를 성공적으로 성취하고 있

다. 님을 상실한 아픔과 비극적 현실을 기다림과 희망의 철학, 사랑과 평화의 사상으로 극복하고 있는 것이다.

방법론적인 면에서의 특징은 은유와 역설을 탁월하게 구사함으로써 현대시적인 면모를 확보한 데서 드러난다. 현대시의 형성 단계인 1920년대 중반에 독창적인 은유와 역설을 시의 중심 방법으로 삼아 적극 계발함으로써 우리 현대시의 한 전범典範이 될 수 있는 바탕을 마련하였다.

또한, 시어에서 충청도 방언을 활용하고 구사한 것도 민중적 정감을 드러내는데 효과적이며, 특히 독창적인 시 형태를 개척한 것은 주목할 만한 일이다.

이미지 면에 있어서도 식물적 이미지, 광물적 이미지, 천체적 이미지 등을 섬세하게 조형하여 시적인 심미감을 고양시켜 주는 특징을 지닌다.

향가·고려가요·시조·가사는 물론, 한시·불경에 흐르는 시적 방법이 『님의 침묵』에 계승되고 있는 것이다.

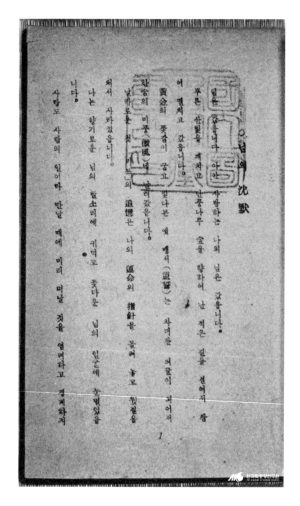

1926년에 발간된 『님의 침묵』 표제시

□ 『님의 침묵』 의의와 평가

> 시인 조지훈은 한용운을 두고 "근대 한국이 낳은 고사高士요, 애국지사
> 요, 불학佛學의 석덕碩德이며 문단文壇의 거벽巨擘"이라고 상찬했다. 또한
> 위당 정인보는 "인도에는 간디가 있고 조선에는 만해가 있다"고 했으
> 며, 벽초 홍명희는 "7천 승려를 합하여도 만해 한 사람을 당하지 못한
> 다. 만해 한 사람을 아는 것이 다른 사람 만 명 아는 것보다 낫다"고 하
> 였다.

시집 『님의 침묵』은 전통적인 정신과 방법을 현대적인 것으로 확대,
심화시킴으로써 현대시가 나아가야 할 방향을 제시한 것은 중요한
일이다. 『님의 침묵』이 성취한 사랑·자유·평등·평화의 깊이 있는 사
상성과 예술성의 조화는 우리 현대시사의 바람직한 지평이 된다.

무엇보다 일세 강점기인 1920년대의 혹심한 언론 탄압 내지는 표
현의 자유에 대한 억압에 대하여 모국어로 문학적으로 저항한 점에
서 의의가 있다. 만해 힌용운 시인은 〈자유, 평등, 평화, 생명〉사상을
시집 『님의 침묵』에 투영하고자 했다. 가히 한국 근현대 시문학사에
서 자유시의 새로운 경지를 개척한 시인이며, 미학적 완성도를 갖는
최초의 시집으로 의미를 갖는 시집이라고 할 수 있다.

만해 한용운 선사가 만년에 거처한 서울 성북동 심우장尋牛莊

‖ 독립운동가로서 만해 한용운
-풍난화 매운향기, 독립운동가 만해

□ 3.1 독립운동을 이끌다

기미년 3월 1일, 만해는 서울 종로구 계동 43번지에서 아침을 맞이했다. 손병희를 비롯하여 독립선언서에 서명한 민족대표들이 속속 태화관으로 모습을 드러냈다. 민족대표들은 애초 탑골공원에서 독립선언서를 선포하기로 했으나 분노한 민중들이 일본 경찰과 충돌할 것을 우려해 태화관으로 바꾼 것이다.

독립선언서를 낭독하자 모두 숙연해졌다. 잠시 무거운 침묵이 흘렀다. 만해는 민족 대표들 앞에 섰다.

"우리는 이제 대한독립을 세계만방에 엄숙하게 선포했습니다. 우리는 기필코 민족의 독립을 쟁취할 것을 믿습니다. 독립이 선포된 이상 우리는 최후의 일인, 최후의 일각까지 싸워야 합니다. 우리 민족은 그동인 간악한 일세의 질쇄를 풀고 자유 천지를 향해 궐기해야 합니다. 이제 우리는 죽어도 한이 없습니다."

만해는 독립만세를 선창했다.

대한독립만세!

대한독립만세!

대한독립만세!

민족 대표들은 일제히 대한독립만세를 소리 높혀 합창 했다.

민족대표들의 독립선언식이 끝나갈 무렵, 7~80여 명의 정사복 일제 헌병들과 경찰이 태화관에 들이닥쳤다. 만해와 민족대표들은 현장에서 체포되어 중부경찰서로 끌려갔다가 남산 총감부로 이송, 구금됐다. 그들이 끌려갈 때 시내 곳곳에서는 남녀노소 시민이 몰려나와 독립만세를 불렀다. 경찰서로 압송되어가는 차 안에서 그 광경을 바라 본 만해는 훗날 이 일을 평생 잊을 수 없는 가장 큰 상처였다고 회상했다.

구금된 민족대표들은 그날 저녁부터 개별적으로 가혹한 조사를 받았다.갔다가 남산 총감부로 이송, 구금됐다. 그들이 끌려갈 때 시내 곳곳에서는 남녀노소 시민이 몰려나와 독립만세를 불렀다. 경찰서로 압송되어가는 차 안에서 그 광경을 바라 본 만해는 훗날 이 일을 평생 잊을 수 없는 가장 큰 상처였다고 회상했다.

구금된 민족대표들은 그날 저녁부터 개별적으로 가혹한 조사를 받았다.

□ 옥중의 기개, 진정한 민족지도자

남산 왜성대 총감부에서 3.1운동 주도자로 조사를 받은 민족대표들은 모두 서대문형무소로 이송됐다. 악명 높은 서대문형무소에서 온갖 고문과 문초를 겪어야 했다.

기미독립선언서

일제는 이들에게 내란죄의 죄목을 걸어 국사범으로 몰고 갔다. 민족 대표 중 어떤 사람은 고통과 두려움을 참지 못하고 소리 내어 울기까지 했다.

"이렇게 있다가 그대로 죽임을 당하는 것은 아닌가, 평생 감옥에 갇혀 있게 되는 것은 아닌가." 불안과 두려움에 떨기도 했다. 그러나 무서울 정도로 냉정한 태도를 짓던 만해는 일부 민족대표이 이런 행대를 준엄하게 꾸짖었다. "그대들이 정녕 민족대표로 도장을 찍은 자들이란 말인가!" 감방 구석에 놓인 오물을 던져버렸다. 오직 조국의 해방을 위해 조금도 굽힐 줄 몰랐던 만해의 실천적 면모를 다시 확인하는 순간이었다.

□ 옥중에서 만해의 세 가지 원칙

만해는 옥중에서 세 가지 원칙을 세웠다. 변호사를 대지 말 것, 사식을 들이지 말 것, 보석을 요구하지 말 것 등이다. 내가 내 나라를 찾자는 것인데 누구에게 변론을 받을 것이며, 온 나라가 감옥인데 밖에서 넣어 주는 사식을 먹는다는 것이 말이 되는가, 호의호식하자고 독립운동하는 것이 아니지 않은가. 만해는 철저하게 자신이 세운 원칙을 실천했다. 일제 경찰과 검사, 판사의 심문에 항상 의연했다. 시종일관 꿋꿋한 기개와 정연한 논리로 대응했고, 재판과정에서도 이런 원칙을 철저하게 지켜나갔다.

옥중에서 만해가 얼마나 꿋꿋한 태도를 유지했는가는 일제의 신문조서에 잘 나타나있다. 일본인 검사의 심문에

"최후의 일인, 최후의 일각까지 조선사람 한 사람이 남더라도 독립운동을 할 것이다."

"나는 내 나라를 세우는데 힘을 다할 것이니 벌을 받을 일이 없을 줄 안다."

"언제든지 그 마음 고치지 않을 것이다. 만일 몸이 없어진다면 정신만이라도 영세토록 가지고 있을 것이다." 민족지도자로서의 의연한 자세와 기개를 흐트러뜨리지 않았다.

태화관에서 독립선언서를 선포하는 민족대표

□ 법정에서 만해의 최후 발언

1920년 10월 민족대표에 대한 선고공판이 열렸다. 만해는 손병희, 최린, 권동진, 오세창, 이종일, 이인환 등과 함께 당시 법정 최고형인 3년 형을 선고 받았다. 3.1운동 준비 과정에서 주도적인 역할, 공약 3장 추가, 재판 과정에서의 굽힘 없는 투쟁 등이 최장기 형을 받게 된 요인이다.

만해는 최후 발언에서 "우리의 조국과 민족을 위하여 마땅히 해야할 일을 한 것뿐이다. 무릇 정치란 덕을 닦는데 있지 위력을 과시하는데 있지 않다. 일제가 강병만 자랑하고 수덕修德을 정치의 요체로 하지않으면 국제사회에서 고립돼 마침내 패망할 것을 알려 두노라."라고 엄중히 경고했다.

서대문형무소에서 수감 당시 수형기록부 사진

□ 조선독립의 서朝鮮獨立之書

만해의 정연한 논리와 탁월한 식견은 담당했던 일본인 검사로 하여금 "당신의 이론은 정당하나 본국 정부의 방침이 변치 않으므로 어쩔 수 없다." 고 실토했다는 일화가 전해지고 있다. 이러한 만해의 독립사상이 집약적으로 표현된 것이 바로 〈조선독립의 서〉이다. 〈조선독립의 서〉는 만해의 꺾이지 않는 기상과 물러서지 않는 용기, 탁월한 식견으로 탄생한 민족독립운동의 최대 성과물이자 독립운동 정신의 백미로 꼽힌다.

만해는 죄수 신분으로 철창에서 온갖 박해로 신음하면서도 그 소신에는 추호의 굽힘이 없었다. 다른 한편으로는 일본의 침략주의에 대해 쉼 없이 통렬하게 반격했다. 만해에게는 실로 민족 대표들을 대표할 만한 기개와 의지가 넘쳤다. 옥고를 치르는 동안 만해는 세속을 초월한 선사였다. 밤낮을 가리지 않고 좌선에 몰두하는 그는 언제나 활불처럼 싱그러웠다.   중일전쟁에 이어 1941년 태평양전쟁을 일으킨 일제는 전시총동원 체제 하에서 민족말살정책을 폈다. 이 과정에서 민족진영 인사들이 대거 친일로 변절하였으나 그는 끝까지 지조를 지켰다.

풍난화 매운 향기
님에게야 견줄 손가
이 날에 님 게시면
별도 아니 더 빛날까
불토가 이 위 없으니
혼아, 돌아오소서.

위당 정인보 선생은 만해 한용운 선사를 일러 〈풍난화 매운 향기〉라고 했다. 일생을 자유, 평등, 평화와 민족의 자주독립을 위해서 살다 가신 만해 한용운 선사는 우리 민족의 저울추로서 영원한 역사의 귀감이 되기에 충분하다. 1962년 대한민국 건국공로훈장이 수여됐다.

‖ 스님으로서 만해 한용운

-불교의 대선사大禪師, 만해

□『조선불교유신론』_'불교...깨달음과 지혜, 성찰의 종교'

> *"불교는 사찰에만 있는 것이 아니고,*
> *경전에만있는 것도 아니며,*
> *각자의 정신적 생명과 자각에 존재하는 것...."*

1910년, 경술국치庚戌國恥. 만해는 국권이 송두리째 일제의 수중에 떨어지는 국권피탈國權被奪의 순간을 목도했다. 그렇지만 일개 승려로서 할 수 있는 일은 아무것도 없었다. 만해는 민족의 정신을 이끌어 온 불교 내에서 민족정기를 되살리는 방법을 고민했다.

만해는 백담사로 향했다. 그리고 비장한 각오로『조선불교유신론』 집필에 몰두했다.『조선불교유신론』은 불교의 침체와 낙후성, 은둔주의를 통렬히 비판하고 철저한 자유·평등사상으로 개혁할 것을 제안했다. 이 논설은 만해가 세상에 낸 최초의 출판물이면서 한국 불교사의 큰 업적으로 평가받는 저술이다.

"유신惟新이란 무엇인가, 파괴의 아들이다. 파괴란 무엇인가, 유신의 어머니이다. 천하에 어머니 없는 아들이 없다는 말은 하되 파괴 없는 유신이 없다는 것은 간혹 알지 못한다." 이러한 선언으로 시작한『조선불교유신론』은 당시 조선불교의 낙후성과 은둔성을 통렬하게 비판한다.

제1장에서 제4장까지는 유신의 이론적인 근거를 열거하고, 제5장부터 16장까지는 조선불교가 당면한 문제와 시급히 해결해야 할 구체적인 문제들에 대한 이론을 제시하고 있다.

승려의 교육, 참선, 염불당의 폐지, 포교, 사원의 위치, 불가에서 숭배하는 불상과 불화, 불가의 각종 의식, 승려의 인권회복, 불교의 장래와 비구, 비구니의 결혼문제 등의 순서로 문제들을 풀어내고 있다.

『조선불교유신론』
1910년 12월 내설악 백담사에서 원고를 완성하고, 1913년 5월 불교서관에서 발행했다. 침체 된 조선불교계를 비판하고, 구체적인 불교개혁안을 제시하고 있다.

만해는 '불교는 문명의 이상에 합치되는 종교이며, 깨달음과 지혜의 종교'라고 역설한다. 그리하여 불교는 불생불멸不生不滅의 경지를 염원하는 참된 자아에서 구하도록 가르치고, 미신을 버림으로써 올바른 희망을 품고 진리의 법에 이를 수 있다고 말한다.

또한 불교의 가르침이 '평등주의'에 입각하고 있음을 역설했다. 만해는 이 세계가 완전한 평등을 실현하는 데까지 발전할 것이라고 예단했다. 이 평등을 실현하는 과정에서 자유가 나타나는데, 각자의 자유가 모두 수평선처럼 가지런하게 되어 조금의 차이도 없게 될 때 이것이 곧 '평등의 이상이 실현된 것'이라고 생각했다.

부처님의 평등정신은 개인과 개인, 인종과 인종, 나라와 나라 사이의 관계에만 미치는 것이 아니라, 하나하나의 물건과 하나하나의 일에도 빠뜨림 없이 철저한 것이라고 했다.

만해는 불교의 또 다른 특징은 '구세주의救世主義'에 있다고 강조하고 있다. 구세주의는 자기 한 몸만 이득을 취하고 자기 혼자만 행복을 얻으려는 주의에 반대하는 개념이라고 말하고 있다. 흔히 불교는 참선과 고행에 의해 혼자만의 깨달음을 얻으려는 종교로 잘못 알려져 있으나 불교야말로 이런 종류의 이기주의와 정반대된다는 것이다. 부처님의 설법은 모든 중생을 제도하는 자비심으로 가득 차 있다고 역설하고 있다. 그렇기때문에 불교는 사찰에만 있는 것이 아니고, 경전에만 있는 것도 아니며, 각자의 정신적 생명과 자각에 존재하는 것이라고 규정했다.

『조선불교유신론』에서는 사회와 민중이 불교를 위해 있는 것이 아니라 불교가 중생과 대중사회를 위해 존재해야 한다고 힘주어 강조하고 있다. 오늘 날 불교계에도 그대로 적용되는 뼈아픈 경종이다. 만해는 치욕의 경술년이 막바지에 이른 12월 8일, 『조선불교유신론』을 탈고한다. 한말韓末의 대유학자 김윤식은 "문체로 보나 사상으로 보나 근세에 짝을 찾기 어려운 글"이라고 높이 평가했다. 대문장 『조선불교유신론』은 1913년 불교서관에서 처음 간행했다.

『조선불교유신론』은 당시의 정치적 외적 정세와 불교 내부의 완고한 보수성 때문에 무위로 끝나기는 하였지만, 이 글의 의미는
  ① 1910년 당시 조선불교의 전반에 걸쳐 다각적인 관찰과 비판을 가하였다는 점,
  ② 전체 논문이 이론정연하고 체계가 짜여 있다는 점,
  ③ 불교의 장래를 누구보다도 아끼는 종교적 정열에서 나온 산生 글이라는 점,
  ④ 당시로서는 개화된 문장체인 국한문 병용을 택하였다는 점
  등을 고려할 때 가장 진보적이고 선구적인 논문이라고 할 수 있다.

□ 『불교대전』_ '불교 포교의 금과옥조...'

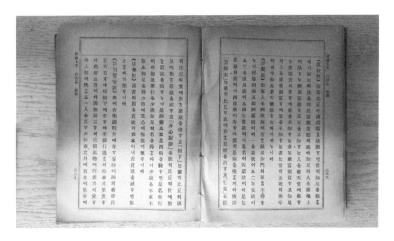

『불교대전』
1914년 4월 부산 동래 범어사에서 간행. 고려대장경을 주제별로 재구성한 독창적인 불교 대사전이다.

『조선불교유신론』을 탈고 할 즈음, 만해는 불교 대중화에 더욱 박차를 가했다. 한용운의 『조선불교유신론』이 승가의 개혁에 초점을 두었다면, 『불교대전』은 재가 신도를 위한 불교 교리 및 불교사상의 지침서라 할 수 있다.

1912년 여름, 양산 통도사에 들어간 만해는 일반인들도 불교 경전을 쉽게 읽을 수 있도록 『불교대전』 편찬을 준비하기 시작했다. 이 땅에 불교가 들어온지 1천5백 년이 넘었지만 당시까지 제대로 된 『불교대전』이 없는 것을 안타깝게 생각하고 직접 편찬할 것을 결심한 것이다.

　만해는 통도사 응진전 옆 숙소에서 『고려대장경』 1,511부, 6,802권을 독파하기 시작했다. 한여름 폭염 속에서도 장경각을 가득 채운 서책을 빠짐없이 열람하고 낱낱이 읽었다. 밤에는 현대적인 감각에 맞도록 깨알같이 요약 정리했다. 주변 스님들이 고개를 절레절레 흔드는 가히 초인적인 열정이었다. 이렇게 만든 초록본이 444부에 이른다.

　8백여 페이지에 이르는 『불교대전』은 제1서품에서 시작해 교리강령품, 불타품, 신앙품, 업연품, 자치품, 대치품, 포교품, 구경품 등 모두 9개 품으로 구성되어 있다.
　『불교대전』이 편찬되자 불교계 내외에 큰 반향이 일었다. 당시 불교 잡지 『해동불교』 6호 (1914년 4월)는 이를 두고 '광세의 대 저작이며, 불교 포교의 금과옥조이며 사회 일반에는 복음'이라고 평가했다.

내설악 백담사 경내 만해 한용운 흉상胸像

『불교대전』은 팔만대장경 전체를 정독, 정리한 결과물이다. 당시 일반 대중이 접근하기에는 너무 방대하고 어려운 불교경전을 알기 쉽게 해석한 내용이 돋보인다. 이 때문에 조명기는 『불교대전』을 '팔만대장경의 축소판'이라고 규정하였다. 또한 『불교대전』은 만해 한용운의 신념인 '대중불교'의 실현을 위한 초석이라 할 수 있다.

즉 만해의 『불교대전』은 모든 경전을 일정한 관점에서 해석하여 자신이 제창한 불교의 혁신사상에 따라 당대인의 감각에 맞게 재구성한 것이다.

만해는 국한문을 혼용하되, 국문의 경우 가능하면 당시 통용되는 언

어 위주로 사용했다. 1910년대에 순한문체로 된 저서가 적지 않음을
고려해 본다면, 이것 역시 대중불교를 추구하던 만해의 사상과 세계
관이 반영된 결과로 이해할 수 있다.

　만해 한용운 선사!
그는 실로 대중불교, 민중불교를 선도한 한국 불교사의 대선사大禪師로 영원히
기록될 것이다.

제2부
시에서 길을 찾다

제1장
'푸른 하늘'과 '푸른 들'의 노래

산 너머 남촌에는

김동환

산 너머 남촌에는 누가 살길래
해마다 봄바람이 남으로 오네

꽃 피는 사월이면 진달래 향기
밀 익는 오월이면 보리 내음새,

어느 것 한 가진들 실어 안 오리.
남촌서 남풍 불 제 나는 좋데나.

2
산 너머 남촌에는 누가 살길래
저 하늘 저 빛깔이 저리 고울까.

금잔디 넓은 벌엔 호랑나비 떼
버들밭 실개천엔 종달새 노래,

어느 것 한 가진들 들려 안 오리.
남촌서 남풍 불 제 나는 좋데나.

3

산 너머 남촌에는 배나무 있고
배나무 꽃 아래엔 누가 섰다기,

그리운 생각에 재에 오르니
구름에 가리어 아니 보이네.

끊었다 이어오는 가는 노래는
바람을 타고서 고이 들리네.

(『조선문단』, 1927)

남촌, 우리 모두의 고향

6~70년대 정상급 가수 박재란의 노래로 더욱 유명한 시 「산 너머 남촌에는」은 한겨울 가고 눈 녹은 도랑물소리 재잘대는 들판으로 봄바람이 불기 시작하면 자주 듣던 노래입니다.

김동환은 시집 「북경의 밤」에서 춥고 어두운 겨울을 배경으로 일제 강점기 암울한 시대상황을 상징적으로 보여주고 있는데 반해, 이 시에서는 '진달래 향기' '보리 내음새' '종달새 노래'등의 희망과 평화의 이미지를 통해 이상향으로서의'남촌'을 노래하고 있습니다.

이 시에서 '봄'은 일제 치하 우리 민족의 열망인 '광복'의 염원으로 보아도 좋을 것입니다. 비록 봄소식을 전해주는'임'은 보이지 않지만 '끊었다 이어 오는 가는 노래'즉 희미하지만 '임'이 오는 그 소리를 통해 언제 가는 오고야 말 광복에 대한 희망의 끈을 놓지 않고 있습니다.

그러나 시인이 애타게 기다리는 그 '임'을 '구름에 가리어 아니 보이'는 사랑하는 임에 대한 애틋한 마음으로 보아도 좋을 것입니다. 시는 물론, 모든 장르의 예술이란 결국 '읽고, 보고, 듣고, 느끼는 각자의 마음에 있는 것이므로.

웃은 죄

김동환

지름길 묻길래 대답했지요.
물 한 모금 달라기 샘물 떠 주고
그리고 인사하기 웃고 받았죠.
평양성에 해 안 뜬대두
난 모르오.
웃은 죄밖에.

(『조선문단』, 1927)

산수유 꽃망울 같은 연정

 이제는 어느 시골에서도 보기 힘든 마을 공동우물을 배경으로 어느 여인의 순박한 사랑을 재치 있게 그리고 있습니다.

 한 사내가 다가와 길을 물으며 물 한 그릇을 청합니다. 여인은 정성 껏 물을 건네주고 시원하게 넘기는 사내의 목울대를 곁눈질하다 사내와 눈이 마주치자 낯을 붉히며 돌아섭니다.

 고맙다는 인사말을 남기고 떠나는 사내의 뒷모습을 바라보던 여인의 가슴에는 형언할 수 없는 야릇한 감정이 일어납니다. 그러한 마음을 행여 남들이 눈치 챌까 '평양성에 해 안 뜬대두 나는 모르오'라고 지레 변명을 합니다. 강한 부정 속에 감추어져 있는 여인의 은근한 순정이 읽는 이로 하여금 절로 미소 짓게 합니다.

 신라 화랑 김유신이 전쟁터에 나가던 중 우물가에서 한 여인을 만나는 설화에서 알 수 있듯이 우물가는 예로부터 봉건적 규방문화에 갇혀있던 여인들이 외간 남자와 만날 수 있는 열린 공간이었습니다. 남녀 간의 내외가 분명했던 1930년대의 도덕관념이나 정서로 볼 때 화자話者)는 남들의 시선이 적잖이 부담스러웠을 것입니다. 그렇기 때문에 여인은 과장된 변명으로 자신의 행위가 별다른 뜻이 없는 일상적

이었음을 강변하고 있습니다.

  산수유 꽃망울 수줍게 벙그러지는 어느 봄날, 지나가는 사내와 한 번의 극적인 만남을 통하여 연정을 갖게 된 여인의 사랑이 간지럽게 만져지는 시입니다.

  * 화자話者: 글 속에서 말하는 사람, 즉 문학작품에서 작가의 '이야기를 대신 해 주는 사람' 을 말함.

왕십리

김소월

비가 온다
오누나
오는 비는
올지라도 한 닷새 왔으면 좋지.

여드레 스무날엔
온다고 하고
초하로 삭망*이면 간다고 했지,
가도 가도 왕십리 비가 오네

웬걸, 저 새야
울려거든
왕십리 건너가서 울어나 다고,
비 맞아 나른해서 벌새가 운다.

천안에 삼거리에 실버들도
촉촉히 젖어서 늘어졌다데.
비가와도 한 닷새 왔으면 좋지.
구름도 산마루에 걸려서 운다.

(『신천지』, 1923)

대책 없는 그리움, 속수무책의 외로움

1970년대, 한 끼의 라면 값을 걱정 할 만큼 주머니엔 언제나 찬바람이 쌩쌩 불었지만 꿈이 있었고 그래서 세상이 그런대로 괜찮아 보였던 꿈 많던 청춘시절, 나는 정말이지 비가 좋았습니다.

비가 오는 날이면 말만 잘하면 외상술도 주곤 하던 수리산 채석장가는 철길 옆 목노집에 걸터앉아서 낡은 슬레이트 지붕의 투닥거리는 빗소리를 듣거나 연탄화덕 석쇠 위에 지글지글 익어가는 돼지껍질을 씹으며 껌정 물들인 미제 야전잠바 깃을 세우고 마치 대단한 시인이라도 된 것처럼,

'비가 온다 / 오누나 / 오는 비는 / 올지라도 한 닷새 왔으면 좋지....'

소월의 「왕십리」를 읊고는 했지요. 아! 그 때, 서늘한 눈매에 뽀얀 이슬을 맺히며 젓가락 장단을 맞추던 그 어린 작부는 지금은 무얼 하고 있는지...

각설하고, 시의 길을 따라가 보지요. 「왕십리」는 소월의 여느 시의 미덕처럼 쉽고 평이한 말로 구성되어 있습니다. 몇 날 몇 일을 두고 가랑비 구죽죽이 내리는 어느 날, 시인은 끝없이 펼쳐진 배추밭에서

구릿한 똥냄새가 실려 오는 왕십리 철길 옆 어느 목노집에 앉아 있습니다.

대책 없이 내리는 비. 문득 창밖으로 비에 젖어 후즐그레 울고 있는 한 마리 벌새와 아득히 산마루에 걸려 오도가도 못 하는 구름떼를 보게 됩니다. 이것들이 일으키는 가없이 '외롭고 높고 쓸쓸한' 심사는 문득 누군가가 그리워지기 충분했을 겁니다.

그 그리움의 대상은 정녕 무엇이었을까요? '영변의 약산 진달래 꽃'을 사뿐히 즈려 밟고 가신 임 일까요? '의붓어미 죽은, 죽어서 접동새가 된' 누이일까요? '부르다가 내가 죽을' 그 임 일까요. 나는 그 그리움의 대상을 「진달래 꽃」의 사랑의 상실을 예감하는 임이나, 「초혼」의 떨어져 있는 임에 대한 그리움 보다는 뽀얀 물안개 속, 저기 어디쯤 구체적 대상이 없는 속수무책의 외로움, 혹은 대책없는 그리움이라고 불러주고 싶습니다.

시라는 것이 무엇인지 알지 못하던 때부터 우리는 그의 시를 노래로 불러 왔지요. 시험을 위해 그의 시를 밤을 밝히며 (지긋지긋하게?) 외웠고, 턱수염이 삐죽삐죽하던 사춘기의 어느 때, 동네 이발소의 물레방앗간 액자 속에 들어 있는 '산산히 부서진 이름이여! 부르다가 내가 죽을 이름이여!' 그의 시를 베껴다가 연애편지의 한 구절로 써먹고는 했지요.

우리 인생의 고비마다 연초록 시심을 활짝 열어준 시인. 그의 여러 시편들이 대중가요로 작곡되어 유행가가 되었다고 해서 행여 그의 시를 사춘기 시절 한 번쯤 읽고 넘어 갈 가벼운 시인 정도로 보아 넘기지는 않았는지, 다시 한 번 생각하게 만드는 아침입니다.

　우리 집 낡은 슬레이트 지붕위로, 애호박 넓은 잎새 위로 자박자박, 투덕투덕 내리는 빗소리 넉넉한 휴일. 이 빗소리와 함께 모두 넉넉한 하루되시기를, 더불어 행복하시기를...

향수

정지용

넓은 벌 동쪽 끝으로
옛 이야기 지줄대는 실개천이 휘돌아 나가고,
얼룩백이 황소가
해설피* 금빛 게으른 울음을 우는 곳,

-그곳이 차마 꿈엔들 잊힐 리야.

질화로에 재가 식어지면,
비인 밭에 밤바람 소리 말을 달리고,
엷은 졸음에 겨운 늙으신 아버지가
짚벼개를 돋아 고이시는 곳,

-그 곳이 차마 꿈엔들 잊힐 리야.

흙에서 자란 내 마음
파아란 하늘 빛이 그립어
함부로 쏜 화살을 찾으려
풀섶 이슬에 함초롬* 휘적시던 곳.

-그 곳이 차마 꿈엔들 잊힐 리야.

전설傳說바다에 춤추는 밤물결 같은
검은 귀밑머리에 날리는 어린 누이와
아무렇지도 않고 예쁠 것도 없는,
사철 발 벗은 아내가
따가운 햇살을 등에 지고 이삭 줍던 곳.

-그 곳이 차마 꿈엔들 잊힐 리야.

하늘에는 성근 별
알 수도 없는 모래성으로 발을 옮기고,
서리까마귀 우지짖고 지나가는 초라한 지붕,
흐릿한 불빛에 돌아앉아 도란도란 거리는 곳.

-그 곳이 차마 꿈엔들 잊힐 리야.

* 해설피 : 해가 설핏할 무렵. 저물녘.
* 함초롬 : 함초롬하게, 가지런하고 곱게

(『조선지광』, 1927))

우리말의 청각적, 시각적 아름다움을 높여준 시

가수 이동원과 테너 박인수가 함께 불러 대중가요로 더욱 유명한 「향수」는 고향에 대한 회상과 그리움을 주정적 어조로 노래하고 있습니다. 고향을 떠나 타국 땅에서 식민지 망국의 정한을 간직하고 생활하던 시인은 꿈에도 잊혀지지 않는 고향의 따스한 정경들을 떠올리며 그리움에 목말랐을 것입니다.

그가 노래하는 고향은 '실개천이 지즐대고' '얼룩백이 황소가 금빛 울음을 우는 곳'이며 '짚베개를 돋워 고이시는' 늙으신 아버지가 계신 곳으로, 우리 모두의 고향에 대한 보편적인 그리움의 정서와 다르지 않습니다.

'지즐대는', '해설피' '풀섶' '함초롬'이라는 우리말의 감각적 구사와 청각적, 시각적 이미지를 활용함으로써 한층 아름다운 서정성을 획득하고 있으며, 일제치하에서 잃어버린 고향에 대한 상실감을 향토적 정서로 그려낸 아름다운 시입니다.

행복

유치환

사랑하는 것은
사랑을 받느니보다 행복하나니라.
오늘도 나는
에메랄드빛 하늘이 환히 내다뵈는
우체국 창문 앞에 와서 너에게 편지를 쓴다.

행길을 향한 문으로 숱한 사람들이
제각기 한 가지씩 생각에 족한 얼굴로 와선
총총히 우표를 사고 전보지를 받고
먼 고향으로 또는 그리운 사람께로
슬프고 즐겁고 다정한 사연들을 보내나니.

세상의 고달픈 바람결에 시달리고 나부끼어
더욱 더 의지삼고 피어 헝클어진 인정의 꽃밭에서
너와 나의 애틋한 연분도
한 망울 연연한 진홍빛 양귀비꽃인지도 모른다.

사랑하는 것은

사랑을 받느니보다 행복하나니라.
오늘도 나는 너에게 편지를 쓰나니
그리운 이여 그러면 안녕!
설령 이것이 이 세상 마지막 인사가 될지라도
사랑하였으므로 나는 진정 행복하였네라.

사랑하였으므로 나는 진정 행복하였네라

온종일 오락가락하던 빗줄기 그치고 개구리 울음소리 한층 무너지는 밤입니다. 청마 유치환은 「행복」에서 '사랑하는 것은 사랑을 받느니보다 행복'한 것이며, 나아가 '설령 이것이 이 세상 마지막 인사가 될지라도 사랑하였으므로 나는 진정 행복하였네라'고 노래하고 있습니다.

파도야 어쩌란 말이냐 / 파도야 어쩌란 말이냐 / 임은 뭍같이 까딱 않는데 / 파도야 어쩌란 말이냐 / 날 어쩌란 말이냐. 「그리움」등을 비롯하여 많은 연모의 시를 써서 '사랑의 시인'으로 불리고 있는 유치환의 사랑의 대상은 잘 알려진 바와 같이 이영도입니다. 시조시인 이호우의 누이인 이영도는 남편과 사별한 후 딸을 키우며 혼자 살고 있었습니다 청마는 이영도에게 20여 년 간 무려 5,000여 통에 이르는 숱한 연모의 편지를 보냈지만 그는 유부남이었던 유치환의 사랑을 받아 주지 않았습니다.

진정, 사랑하는 것이 사랑 받는 것보다 행복할 수 있을까요? 아픈 사랑, 이룰 수 없는 사랑에 대한 역설, 혹은 시적 수사修辭의 반어법反語法이 아닐지요. 그러함에도 불구하고 청마는 이룰 수 없는 사랑에 대한 아픔을 아름다운 시를 통해서 승화시키고 있습니다.

유치환 시에서 간과할 수 없는 것은 그의 시적 관심과 지향이 다양하게 나타나고 있다는 점입니다. 「행복」「그리움」등과 같은 작품을 써서 '사랑의 시인', '그리움의 시인', '연모의 시인'으로 불리기도 하지만, 다른 한 편으로 사회현실에 대하여 노골적으로 발언하기를 서슴치 않았습니다. 자유당 이승만 정권의 부패와 혼탁한 정치판을 질타한 「개헌안 시비」를 비롯, 「칼을 갈라!」「그래서 너는 시를 쓴다?」등의 현실참여시를 발표하기도 했습니다. 이러한 정의감과 진보적 사회 인식이 있었기에 뒷날 대구에서 고등학교 교장으로 있으면서 학생들에게 4.19 데모를 선동하여 좌천을 당하는 등 신분상의 불이익을 받기도 했습니다.

여승女僧

백석

여승은 합장하고 절을 했다
가지취*의 내음새가 났다
쓸쓸한 낯이 옛날같이 늙었다
나는 불경처럼 서러워졌다

평안도의 어느 산 깊은 금점판*
나는 파리한 여인에게서 옥수수를 샀다
여인은 나 어린 딸아이를 때리며 가을밤같이 차게 울었다

섶벌*같이 나아간 지아비 기다려 십 년이 갔다
지아비는 돌아오지 않고
어린 딸은 도라지꽃이 좋아 돌무덤으로 갔다

산꿩도 섧게 울은 슬픈 날이 있었다
산절의 마당귀에 여인의 머리오리*가 눈물방울과 같이 떨어진 날이
있었다

* 가지취 : 취나물의 일종
* 금점판 : 금광
* 섶벌 : 재래종 일벌
* 머리오리 : 머리카락

(시집 『사슴』, 1936)

산 꿩도 섧게 울은 슬픈 날

　한 여승의 비극적 삶을 통해 일제의 식민지 수탈로 인해 파괴된 가족 공동체의 모습을 잘 드러내준 작품입니다.

　어느 산 깊은 절에서 여승을 만난 화자는, 평범한 한 여인이 여승이 되기까지의 비극적 과정을 서사적으로 유추해 내고 있습니다. 농사를 짓던 남편, 즉 '지아비'는 일제의 수탈로 농사일을 접고 돈을 벌기 위해 광부가 되어 집을 나갑니다. 그러나 10년이 지나도 돌아오지 않는 '섶벌 같이 나아간 지아비'를 찾아 어린 딸을 데리고 금점판을 떠돌며 옥수수 행상을 하다 끝내 딸아이마저 죽어 '돌무덤'으로 돌아갑니다.

　지아비는 찾지 못하고 어린 딸마저 잃은 여인은 '산꿩도 섧게 울은 슬픈 날', 삭발을 하고 속세의 삶을 떠나 여승이 됩니다. 일제에 의해 삶의 근거지를 빼앗기고 생활고에 쫓겨 여승이 될 수밖에 없었던 여인의 기구한 삶을 통하여 식민지하 민족의 고난과 아픔을 아름답고도 슬프게 보여주고 있습니다.

남신의주 유동 박시봉방 南新義州 柳洞 朴時逢方

백석

어느 사이에 나는 아내도 없고, 또,

아내와 같이 살던 집도 없어지고,

그리고 살뜰한 부모며 동생들과도 멀리 떨어져서,

그 어느 바람 세인 쓸쓸한 거리 끝에 헤매이었다.

바로 날도 저물어서,

바람은 더욱 세게 불고, 추위는 점점 더해 오는데,

나는 어느 목수네 집 헌 샷*을 깐,

한방에 들어서 쥔을 붙이었다.

이리하여 나는 이 습내 나는 춥고, 누긋한 방에서,

낮이나 밤이나 나는 나 혼자도 너무 많은 것같이 생각하며,

딜옹배기*에 북덕불*이리도 담겨 오면,

이것을 안고 손을 쬐며 재 위에 뜻 없이 글자를 쓰기도 하며,

또 문 밖에 나가지두 않구 자리에 누워서,

머리에 손깍지베개를 하고 굴기도 하면서,

나는 내 슬픔이며 어리석음이며를 소처럼 연하여 쌔김질하는 것

이었다.

내 가슴이 꽉 메어 올 적이며,

내 눈에 뜨거운 것이 핑 괴일 적이며,

또 내 스스로 화끈 낯이 붉도록 부끄러울 적이며,

나는 내 슬픔과 어리석음에 눌리어 죽을 수밖에 없는 것을 느끼는 것이었다.

그러나 잠시 뒤에 나는 고개를 들어,

허연 문창을 바라보든가 또 눈을 떠서 높은 천정을 쳐다보는 것인데,

이때 나는 내 뜻이며 힘으로, 나를 이끌어 가는 것이 힘든 일인 것을 생각하고,

이것들보다 더 크고, 높은 것이 있어서, 나를 마음대로 굴려 가는 것을 생각하는 것인데,

이렇게 하여 여러 날이 지나는 동안에,

내 어지러운 마음에는 슬픔이며, 한탄이며, 가라앉을 것은 차츰 앙금이 되어 가라앉고,

외로운 생각만이 드는 때쯤 해서는,

더러 나줏손*에 쌀랑쌀랑 싸락눈이 와서 문창을 치기도 하는 때도 있는데,

나는 이런 저녁에는 화로를 더욱 다가 끼며, 무릎을 꿇어 보며,

어느 먼 산 뒷옆에 바우섶*에 따로 외로이 서서,

어두워 오는데 하이야니 눈을 맞을, 그 마른 잎새에는,

쌀랑쌀랑 소리도 나며 눈을 맞을,

그 드물다는 굳고 정한 갈매나무라는 나무를 생각하는 것이었다.

* 남신의주 유동 박시봉방 : 화자가 세들어 사는 집 주소, 지명

* 샷 : 갈대를 엮어서 만든 자리

* 딜옹뱅이 : 질그릇

* 북덕불 : 짚을 태워 담은 화톳불

* 나줏손 : 저녁 무렵

* 바우섶 : 바위 가장자리

(『학풍』창간호, 1948)

모국어의 아름다움을 다시 생각하게 하는 시

아내도, 아내와 같이 살던 집도 없어지고 살뜰한 부모며 동생들과도 멀리 떨어진 화자는 어느 겨울 '남신의주 유동'의 목수네 집 헌 돗자리를 깐 방에 세들어 살게 됩니다.

문 밖에는 나가지도 않고 누워 뒹굴거나, 질그릇 화롯불을 끌어안고 '습내 나는 춥고 누긋한 방에서' 화자는 슬픔과 어리석음으로 점철 된 자신의 지난날을 되새김질 하는 소처럼 회상하면서 끝없는 비애와 영탄에 빠져들고 있습니다. 그런데 문득, 자신이 그렇게 살아 온 것은 자신의 뜻이 아니라 '이것들보다 더 크고 높은 것', 즉 '운명'이라는 것이 결국 삶을 이끌어 가는 것이라는데 생각이 미치게 됩니다.

그렇게 '여러 날이 지나는 동안에 내 어지러운 마음에는 슬픔이며, 한탄이며, 가라앉을 것은 차츰 앙금이 되어 가라앉고', 어느 덧 '먼 산 바위 섶에 따로 외로이 서서 하얗게 눈을 맞을 그 드물다는 굳고 정한 갈매나무'를 생각하게 됩니다.

'그 어느 바람 세인 쓸쓸한 거리'의 허름한 방에서 자신의 삶을 되돌 아보며 느끼는 고뇌와 절망, 운명에 대한 상념 끝에 화자 자신도 그 '굳고 정한 갈매나무'처럼 힘든 현실을 이겨 내고 굳세고 깨끗하게 살

아가겠다는 의지를 보여주고 있는 이 시는, 함경도와 평안도의 감칠
맛 나는 토속어를 통해 시 읽는 맛과 재미를 더욱 풍부하게 해주고 있
을 뿐 아니라, 우리말의 아름다움을 새삼 느끼게 해주고 있습니다.

흰 바람벽이 있어

백석

 오늘 저녁 이 좁다란 방의 흰 바람벽에
 어쩐지 쓸쓸한 것만이 오고 간다
 이 흰 바람벽에
 희미한 십오 촉+五燭 전등이 지치운 불빛을 내어던지고
 때 글은* 다 낡은 무명셔츠가 어두운 그림자를 쉬이고
 그리고 또 달디 단 따끈한 감주나 한 잔 먹고 싶다고 생각하는 내
가지가지 외로운 헤매인다
 그런데 이것은 또 어인 일인가
 이 흰 바람벽에
 내 가난한 늙은 어머니가 있다
 내 가난한 늙은 어머니가
 이렇게 시퍼러둥둥하니 추운 날인데 차디찬 물에 손은 담그고 무며
배추를 씻고 있다
 또 내 사랑하는 사람이 있다
 내 사랑하는 어여쁜 사람이
 어느 먼 앞대* 조용한 개포가의 나즈막한 집에서
 그의 지아비와 마주 앉아 대구국을 끓여놓고 저녁을 먹는다
 벌써 어린것도 생겨서 옆에 끼고 저녁을 먹는다

그런데 또 이즈막하여* 어느 사이엔가

  이 흰 바람벽엔

  내 쓸쓸한 얼굴을 쳐다보며

  이러한 글자들이 지나간다

  - 나는 이 세상에서 가난하고 외롭고 높고 쓸쓸하니 살아가도록
태어났다

  그리고 이 세상을 살아가는데

  내 가슴은 너무나 많이 뜨거운 것으로 호젓한 것으로 사랑으로
슬픔으로 가득 찬다

  그리고 이번에는 나를 위로하는 듯이 나를 울력하는* 듯이

  눈질을 하며 주먹질을 하며 글자들이 지나간다

  -하늘이 이 세상을 내일 적에 그가 가장 귀해 하고 사랑하는 것들은
모두

  가난하고 외롭고 높고 쓸쓸하니 그리고 언제나 넘치는 사랑과 슬픔
속에 살도록 만드신 것이다

  초생달과 바구지꽃과 짝새와 당나귀가 그러하듯이

  그리고 또 '프랑시쓰 쨈'과 도연명陶淵明과 '라이넬 마리아 릴케'가 그
러하듯이

* 때 글은 : 오래도록 땀과 때에 전

* 앞대 : 평안도를 벗어 난 남쪽 지방이나 먼 해변가

* 이즈막하여 : 시간이 그리 많이 흐르지 않은. 이슥한 시간이 되어서.

* 울력하는 : 여럿이 힘을 합치는.

(『문장』, 1941)

가난하고 외롭고 높고 쓸쓸한

  이틀 전 부터 싸락눈에 비 섞인 진눈깨비 흩날리더니 기여코 간밤내 눈이 쏟아져 앞뒤 첩첩 내설악은 다시 온통 눈꽃 세상이 되었습니다. 앞으로 얼마만큼이나 더 바람 불고 싸락눈 치고, 짓궂은 꽃샘추위가 지나야 봄이 올것인지...

  봉창문을 때리는 바람소리. 뒷산 아람드리 적송들 바람에 떠는 소리. 슬레이트 처마에서 떨어지는 낙수물 소리만 뚜욱, 뚝 대책없이 적막한 저녁입니다. 쥐오줌 얼룩이며, 딸 아이 크레파스 낙서 어지러운 낡은 바람벽을 바라보노라니 문득 백석의 시가 생각납니다.

  '가난하고 외롭고 높고 쓸쓸하니...'

  철지난 눈 이란 어차피 을씨년스럽고 궁상맞고 신산스러운 것 아닌지요. 괜스레 울쩍해 지는 심사는 날씨 탓이라 해두고, 오랫동안 소식없는 친구놈을 불러내어 칠성고개 마루턱 밤나무집에서 손두부를 안주삼아 막걸리나 한 잔 해야 겠습니다.

  내린천의 풀리기 시작한 얼음장을 뚫고 고개 내민 노란 복수초처럼 화사하고 넉넉한 날들 되시기를 바랍니다.

풀 벌레소리 가득 차 있었다

이용악

우리집도 아니고
일갓집도 아닌 집
고향은 더욱 아닌 곳에서
아버지의 침상寢床 없는 최후 최후의 밤은
풀벌렛 소리 가득 차 있었다.

노령露領*을 다니면서까지
애써 자래운* 아들과 딸에게
한 마디 남겨두는 말도 없었고
아무을만灣*의 파선도
설룽한* 니코리스크*의 밤도 완전히 잊으셨다
목침을 반듯이 벤 채

다시 뜨시잖는 두 눈에
피지 못한 꿈의 꽃봉오리가 갈앉고
얼음장에 누우신 듯 손발은 식어갈 뿐
입술은 심장의 영원한 정지停止를 가르쳤다.
때늦은 의원醫員이 아모 말없이 돌아간 뒤

이웃 늙은이 손으로
눈빛 미명은 고요히
낯을 덮었다.

우리는 머리맡에 엎디어
있는 대로의 울음을 다아 울었고
아버지의 침상寢床 없는 최후 최후最後의 밤은
풀벌렛 소리 가득 차 있었다.

* 노령露領 : 러시이 영도
* 자래운 : 자라 온
* 아쿠울만灣 : 흑룡강 하류의 아무르지역
* 설룽한 : 썰렁한
* 니코리스크 : 시베리아 하구의 항구도시 니콜라에프스크

(시집 『분수령』, 1937)

풀 벌레 소리 가득 차 있었다

1930년대, 일제 식민치하에서 러시아를 넘나들며 상인으로 삶을 꾸려가던 한 조선인 아버지의 최후를 통해 식민치하에서 만주, 간도, 시베리아 등지로 유랑하는 우리 민족의 비참한 삶을 그린 작품입니다.

국경을 넘나들며 힘겨운 삶을 살다가 결국은 낯선 땅에서 '침상 없는 최후의 밤'를 맞이할 수밖에 없었던 한 조선인 아버지의 임종을 통해 시베리아 유이민의 참담한 실상을 탁월하게 그려낸 작품입니다.

시적 화자의 가족사를 담은 이야기지만 일제 강점기 고향을 떠나 멀리 타국에서 죽음을 맞이하는 상황은 당시의 민족현실에 비추어볼 때 상당한 전형성을 갖고 있다고 볼 수 있습니다.

일제의 수탈로 농사를 접은 이용악의 할아버지와 아버지는 생계를 위해 러시아 영토를 넘나들며 소금 장사를 했다고 합니다. 70여 년 전, 만리타국에서 맞은 아버지의'풀 벌렛 소리 가득 찬''침상 없는 최후 최후의 밤'이 아직도 아프게 다가옵니다.

이용악은 이 시를 비롯하여 「낡은 집」 「전라도 가시내」등 여러 작품을 통하여 일제치하 유랑민의 불행한 삶과 고통을 형상화 했습니다. 이러한 일련의 작품들은 이용악 개인 삶의 역정을 통하여 일제 강점기 사회적 현실을 시적으로 통찰하고 있다고 볼 수 있습니다.

낡은 집

이용악

날로 밤으로
왕거미 줄치기에 분주한 집
마을서 흉집이라고 꺼리는 낡은 집
이 집에 살았다는 백성들은
대대손손 물려 줄은동곳*도 산호관자*도 갖지 못했니라.

재를 넘어 무곡*을 다니던 당나귀
항구로 가는 콩실이*에 늙은 둥글소*
모두 없어진 지 오랜
외양간엔 아직 초라한 내음새 그윽하다만
털보네 간 곳은 아무도 모른다.

찻길이 놓이기 전
노루 멧돼지 족제비 이런 것들이
앞뒤 산을 마음 놓고 뛰어 다니던 시절
털보의 셋째 아들
나의 싸리말* 동무는
이 집 안방 짓두광주리* 옆에서

첫울음을 울었다고 한다.

"털보네는 또 아들을 봤다우
송아지래두 붉었으면 팔아나 먹지"
마을 아낙네들은 무심코
차가운 이야기를 가을 냇물에 실어 보냈다는
그날 밤
저릎등燈*이 시름시름 타들어 가고
소주에 취한 털보의 눈도 일층 붉더란다.

갓주지* 이야기와
무거운 전설 가운데서 가난 속에서
나의 동무는 늘 마음 졸이며 자랐다.
당나귀 몰고 간 애비 돌아오지 않는 밤
노랑고양이 울어울어
종시 잠 이루지 못하는 밤이면
어미 분주히 일하는 방앗간 한 구석에서
나의 동무는도토리의 꿈을 키웠다.

그가 아홉 살 되던 해
사냥개 꿩을 쫓아다니는 겨울
이 집에 살던 일곱 식솔이
 어디론지 사라지고 이튿날 아침
북쪽을 향한 발자국만 눈 위에 떨고 있었다.

더러는 오랑캐령 쪽으로 갔으리라고
더러는 아라사로 갔으리라고
이웃 늙은이들은
모두 무서운 곳을 짚었다.

지금은 아무도 살지 않는 집
마을서 흉집이라고 꺼리는 낡은 집
제철마다 먹음직한 열매
탐스럽게 열던 살구살구나무도 글거리*만 남았길래
꽃피는 철이 와도 가도 뒤울*안에
꿀벌 하나 날아들지 않는다.

* 은동곳 : 은으로 만든 동곳. 동곳은 상투를 맨 후에 상투가 풀어 지지
　　　　 않도록 다는 장식. 재력에 따라 금, 은, 옥 등으로 만들었음.
* 산호관자 : 관자는 망건의 당줄에 꿰는 작은 구슬. 이 관자의
　　　　　 재료와 새긴 문양으로 신분을 표시하였음.
* 무곡貿穀 : 장사하려고 많은 곡식을 사들임.
* 콩실이 : 콩 시루의 함경도 방언. 시루는 떡이나 쌀을 찌는 그릇.
* 둥글소 : 황소.
* 싸리말 : 싸리비. 함경도에선 아이들이 이것을 말 삼아 타고 놂.
* 짓두광주리 : 바느질고리의 함경도 방언.
* 서릅등 : 겨릅등의 함경도 방언. 불 밝히는 장치.
* 갓주지 : 갓을 쓴 절의 주지승. 옛날에는 아이들을 달래거나 울음을
　　　　 그치게 할 때 이 갓주지 얘기를 했다고 함.
* 글거리 : 그루터기의 함경도 방언
* 뒤울 : 집 뒤의 울타리.

　　　　　　　　　　　　　　　　　　 (시집 『낡은 집』, 1938)

1930년대 민중의 비극적 삶의 초상

이용악은 일제강점기로부터 해방기를 거치면서 우리 민족이 처한 수난의 역사를 진지하게 탐구하고 문학적으로 형상화한 시인입니다.

「낡은 집」은 일제의 수탈로 날로 황폐해가는 고향을 버리고 생존을 위하여 만주나 시베리아 등으로 떠나야만했던 유이민들의 비극적 삶을 형상화한 시입니다. '북쪽을 향한 발자국만 눈 위에' 남기고 떠난 털보네의 모습을 통해 당시의 농촌현실과 유랑민이 될 수밖에 없었던 농민들의 슬픈 삶을 잘 보여주고 있습니다.

털보네의 가난한 형편은 화자의 친구인 '싸리말 동무'가 태여 났을 때 마을 아낙네들이 '송아지래두 붙었으면 팔아나 먹지'라고 수근거렸다는 데서 단적으로 짐작 할 수 있습니다. 가난한 살림에 또 식구가 늘어나게 된 상황을 송아지보다 못한 신세로 그리고 있습니다.

털보네 일곱 식솔이 사라진 이튿날 아침, 북쪽을 향해 나 있는 발자국을 발견하고 동네 노인들은 그들이 아마 무서운 오랑캐 땅이나 러시아로 갔을 것으로 추정합니다. 털보네가 떠난 후 거미줄만 늘어가는 그 집은 더 이상 퇴락할 여지조차 없는 '흉집이라고 꺼리는 낡은 집'이 되어 '꽃 피는 철이 와도 벌 하나 날아들지'않습니다.

털보네가 야반도주를 한 것은 일제의 극심한 수탈과 감시의 눈길 때문이었을 것입니다.　일찍 노쇠해 버린 '둥글소'와 꺼질 듯 '시름시름 타들어가는 저릎등', '소주에 취한 털보의 눈'은 낡은 집과 조화를 이루며 1930년대 식민 치하에서 겪어야 했던 농민들의 곤궁한 삶과 뿌리 뽑힌 유랑민의 비극적 삶을 극명하게 보여주고 있습니다.

전라도 가시내

이용악

알룩조개*에 입맞추며 자랐나
눈이 바다처럼 푸를 뿐더러 까무스레한 네 얼굴
가시네야
나는 발을 얼구며
무쇠다리를 건너온 함경도 사내

바람소리도 호개*도 인젠 무섭지 않다만
어두운 등불 밑 안개처럼 자욱한 시름을 달게 마시련다만
어디서 흉참*한 기별이 뛰어들 것만 같애
두터운 벽도 이웃도 못 미더운 북간도 술막*

온갖 방자*의 말을 품고 왔다
눈포래*를 뚫고 왔다
가시내야
너의 가슴 그늘진 숲속을 기어간 오솔길을 나는 헤매이자
술을 부어 남실남실 술을 따르어
가난한 이야기에 고이 잠겨다오

네 두만강을 건너왔다는 석달 전이면
단풍이 물들어 천리천리 또 천리 산마다 불탔을 겐데
그래두 외로워서 슬퍼서 치마폭으로 얼굴을 가렸더냐
두 낮 두 밤을 두리미처럼 울어울어
불술기* 구름 속을 달리는 양 유리창이 흐리더냐

차알싹 부서지는 파도소리에 취한 듯
때로 싸늘한 웃음이 소리 없이 새기는 보조개
가시내야
울 듯 울 듯 울지 않는 전라도 가시내야
두어 마디 너의 사투리로 때 아닌 봄을 불러 줄께
손때 수줍은 분홍 댕기 휘 휘 날리며
잠깐 너의 나라로 돌아가거라

이윽고 얼음길이 밝으면
나는 눈포래 휘감아치는 벌판에 우줄우줄 나설 게다
노래도 없이 사라질 게다
자욱도 없이 사라질 게다

*알록조개 : 얼룩조개

*호개 : 호인胡人들의 노랫소리

*흉참 : 흉악하고 참혹함

*술막 : 주막, 술집

*방자 : 남이 못되기를 비는 짓

*눈포래 : 눈보라

*불술기 : 불수레, 즉 기차

(『시학』, 1940)

노래도 없이 사라질 게다

　일제 강점기 농촌의 피폐화 현상은 비단 한 지역에 국한된 현상이 아니라 전국적인 것이었습니다. 이 시의 '전라도 가시내'와 '함경도 사내'란 바로 그러한 당대 유이민의 표상이라고 할 수 있습니다.

　시적 화자는 '눈포래를 뚫고' 찾아간 북간도의 어느 술집에서 눈이 바다처럼 푸르고 까무스레한 얼굴의 '전라도 가시내'가 따라주는 술을 마시며 시름을 달래고 있습니다. 북간도로 건너 온 함경도 사내는 '그늘진 숲속'만큼 어둡게 살아온 '전라도 가시내'의 이야기를 들으며 그녀에게서 끈끈한 동류의식과 연민이 정을 느낍니다. 정처 없이 떠도는 자신과 같은 처지에 있는 고국의 여인에게 동병상련의 정을 느끼지만 해가 뜨면 그는 또 어디론가 떠나야 합니다. 눈보라를 헤치며 '노래도 없이' '자욱도 없이' 사라져야 합니다.

　여기에서 간과할 수 없는 것은, '흉참한 기별', '두터운 벽도 이웃도 못 미더운 북간도 술막'의 이미지와 날이 밝으면 노래도 없이, '자욱도 없이 사라질게다' 라고 하는 화자의 진술로 보아 '함경도 사내'는 일제에 대항하는 독립운동이나 비밀지하 결사에 관여하고 있는 사람으로 보아도 큰 무리가 없을 것입니다.

‘함경도 사내’에게 ‘전라도 가시내’는 하룻밤 풋사랑을 나눌 술집 작부가 아니라, 일제 치하 억압과 수탈 받는 민중으로서의 공동운명체적 존재로 인식되고 있습니다. 이용악은 당대 유이민의 비극적 삶을 서사적 구조와 섬세한 서정으로 형상화하여 민족문학의 한 축을 구축한 시인으로 평가 받고 있습니다.

첫 사랑의 詩

서정주

초등학교 3학년 때
나는 열두 살이었는데요.
우리 이쁜 여선생님을
너무나 좋아해서요. 손톱도 그분같이 늘 깨끗이 깍고,
공부도 첫째를 노려서 하고, 그러면서 산에 가선 산돌을 줏어다가
국화 밑에 놓아두곤 날마다 물을 주어 길렀어요.

(시집 『80소년 떠돌이의 시』, 1997)

나의 첫사랑은 ? 오호 통재라, 오호 애재라!

뒤울안 장독대 옆 원추리 꽃잎 위로, 애호박 넓은 잎새 위로, 자박자박 내리는 빗소리가 참으로 넉넉한 저녁입니다. 담장을 넘어 온 뒷집 능소화 가지위에 오소소 떨고 있던 새 한 마리, 눈 마주치자 고개 갸우뚱 거리다가 십자가가 보이는 교회 종탑 쪽으로 깃털 떨구고 날아간 뒤, 빗소리 다시 커집니다.

오늘처럼 비가 오는 저녁이면 애호박, 감자 숭숭 썰어 넣은 칼국수에 고추장 풀어 한 그릇 냅다 비우고 툇마루에 누워 추녀 끝에서 뚜욱, 뚝 떨어지는 빗소리를 듣노라면 잡풀 돋는 행랑채 지붕에 그리움처럼 박꽃 하얗게 피어나고는 했지요.

이젠 초가지붕 추녀 끝에 매달린 영롱한 빗방울도, 낙숫물 소리도, 행랑채 지붕위에 피어나던 박꽃도 모두 사라진 흑백 필름 속의 아슴한 풍경이 되었지만, 비 오는 날이면 생각나는 첫사랑 이야기가 있습니다.

신성한 국방의무로 청춘의 한 페이지를 보내고 쫌밥살 빠지기 전, 백수로 빈둥거릴 시절로 거슬러 갑니다. 군 생활 중 쫄병이 소개시켜 준 어떤 여자와 일 년 남짓, 하루가 멀게 편지를 주고받던 끝에 드디어 만날 약속을 받아 냈습니다.

　그녀를 처음 만나는 날도 오늘처럼 비가 왔습니다. 흰색 원피스에 파란 물방울 무늬 비닐우산을 쓴 그녀는 약속 장소인 안양역전 시계탑 앞에 오도막하게 서 있었습니다. 그녀의 화사한 모습을 보는 순간 나는 한여름 저녁 우리집 행랑채에 하얗게 피어나곤 하던 박꽃이 생각났습니다.

　잘 생긴 디제이가 진행을 맡아서 한창 성업 중이던 중앙시장 입구 신신다방에서 분위기 잡고 커피 한 잔씩 홀짝이고 밖으로 나왔지요. 어스름하게 땅거미가 깔리기 시작하는 시내는 네온사인이 하나 둘 켜지기 시작했습니다. 우리는 시내를 벗어나 안양천 둑방을 따라 무작정 걸었습니다. 날은 어두워지고, 배는 고파오는데 정작 문제는 썰렁한 주머니 사정이었습니다. 아마도 천 원 짜리 서너 장하고 동전 몇 개 정도가 제 수중의 전 재산이었던 것으로 기억됩니다.

　난감한 마음으로 고개를 푹 꺽고 걷는데 제법 굵어진 빗줄기 사이로 저만큼 다리 밑에 흐릿한 카바이트 불빛이 보이더군요. 아! 살았다. 포장마차였습니다. 저는 그녀를 포장마차 안으로 밀어 넣었습니다. 냄비라면 두 개를 시키고 막걸리 한 주전자를 호기롭게 시켰습니다. 빗소리 투덕투덕 거리는 포장마차 카바이트 불빛 아래서 우리는 라면을 안주삼아, 저녁을 해결했습니다. 이후 저는 황지우 선생의 "어느 날 나는 흐린 주점에 앉아 있을게다"라는 시를 읽을 때마다 그 날이 생각나고는 합니다.

각설하고, 우여곡절 파란만장 끝에 결혼이란걸 했고 신혼여행을 간 부산 해운대극동호텔 뒤 어디쯤 장급여관에서 첫날밤 불이 꺼지자 그녀가 달뜬 목소리로 말하더군요. '처음 만난 날, 포장마차에서 사준 라면과 막걸리에, 그 밤 빗소리에 눈멀고 귀먹었노라고...만약 근사한 레스토랑이나 삐까번쩍한 식당으로 갔더라면 우리 다시는 만나지 못했을지도 모른다고...'

나의 '첫사랑'은 그렇게 해피앤딩으로 결실을 맺었던 것이었는데요, (그런데 요즘은 '눈에 콩깍지가 씌여서...' 그랬다고 이를 갈며 후회하고 있으니, 오호 통재라, 오호 애재라!)

어느새 어두워지고 빗소리 잠시 잦아들고 있습니다. 슬슬 막걸리 한 잔 생각이 나는 시간입니다.

이별의 노래

박목월

기러기 울어예는
하늘 구만리
바람이 서늘 불어
가을은 깊었네.
아아 너도 가고 나도 가야지.

한낮이 기울며는
밤이 오듯이
우리의 사랑도
저물었네.
아아 니도 가고, 나노 가야지.

산촌에 눈이 쌓인
어느 날 밤에
촛불을 밝혀두고
홀로 우리라
아아 너도 가고, 나도 가야지.

아아 너도 가고, 나도 가야지

노래로 더 잘 알려진 「이별의 노래」는 박목월의 시를 작곡가 김성태가 곡을 붙인 가곡으로 풀벌레 소리 높아가는 가을이면 가곡의 무대에서 자주 듣게 되는 애창곡 가운데 하나입니다.

이 시는 6.25 동란 중 피난지 대구에서 만난 제자와의 이룰 수 없는 사랑과 이별 뒤의 애닲은 마음을 '기러기 울어 예는 하늘 구만리'라고 노래하고 있습니다.

30대 후반, 아내가 있는 목월에게 운명처럼 찾아 든 제자와의 사랑을 그는 '엄청난 운명'이었으며, 이루지 못할 사랑과의 슬픈 이별을 두고 '죽음과 다름없었다'고 술회 하고 있습니다. 박목월은 산문집 『구름에 달 가듯이』에서 그 여인과의 이별의 순간을 '오후 五시 三분, 갑자기 내 시계가 그 시각에 멎어버렸다.' 쓰고 있습니다. 이별 뒤의 심경을 정지한 시간, 더 이상 무가치한 시간, 죽음의 시간으로 규정하고 있는 것입니다.

'아아 너도 가고, 나도 가야지' 가정이 있는 기독교 신자로서 나이 어린 제자와의 슬픈 사랑을 아름다운 시 「이별의 노래」로 남기고 '기러기 울어 예는 하늘 구만리'로 그는 갔습니다.

북방의 길

오장환

눈 덮인 철로는 더욱이 싸늘하였다.
소반 귀퉁이 옆에 앉은 농군에게서는 송아지의 냄새가 난다
힘없이 웃으면서 차만 타면 북으로 간다고
어린애는 운다 철머구리 울듯
차창이 고향을 지워버린다
어린애는 유리창을 쥐어뜯으며 몸부림 친다.

차창이 고향을 지워버린다

  일제의 수탈로 농토마저 빼앗기고 만주로 쫓겨 가는 유랑민의 모습을 그린 시입니다.

  열차는 서러운 고향을 벗어나기 아쉬운 듯 눈덮힌 철길을 천천히 달려갑니다. 어린애는 철머구리처럼 울고, 빚으로 빼앗긴 '송아지 냄새'가 아직까지 배어 있는 농군은 어린애와 함께 훌쩍이는 헐벗은 아내에게 '힘없이 웃으면서 차만 타면 북으로 간다고' 거기 가면 무슨 수가 생기지 않겠느냐고, 설마 산 입에 거미줄 치겠느냐고, 스스로를 달래며 마음 다잡고 있습니다.

  '유리창을 쥐어뜯으며 몸부림' 치는 어린애를 통해서 결코 순탄하지 않을 앞날을 예견하고 있습니다. 그 시절, 개구리처럼 울며 열차에 실려 간 어린애의 후예들이 오늘 날 연변을 비롯한 러시아 등의 조선족 할아버지요, 할머니라고 생각하면 감회가 숙연해 집니다.

전라도 길
-소록도로 가는 길

한하운

가도 가도 붉은 황톳길
숨 막히는 더위뿐이더라.

낯선 친구 만나면
우리들 문둥이끼리 반갑다

천안삼거리를 지나도
수세미 같은 해는 서산에 남는데

가도 가도 붉은 황톳길
숨 막히는 더위 속으로 절름거리며
가는 길.

신을 벗으면
버드나무 밑에서 지까다비*를 벗으면
발가락이 또 한 개 없어졌다.

앞으로 남은 두 개의 발가락이 잘릴 때까지
가도 가도 천리千里, 먼 전라도 길.

*지까다비 : 일본어로 노동자용의 작업화.

(『신천지』, 1949)

가도 가도 천리千里, 먼 전라도 길

한하운은 나병 환자로 평생 슬픔을 천형天刑처럼 껴안고 살다 간 시인입니다. 이 시는 전라남도 고흥군에 있는 소록도의 나병수용소를 찾아가는 화자의 절망적이고 비통에 찬 심경을 그린 시입니다.

시에서 '가도 가도 천리千里 먼 전라도 길'은 시인의 고향 함경도 함주에서 전라도 소록도까지의 공간적 거리만을 의미하는 것이 아니라, 모든 희망을 포기하고 살아가는 시인의 절망적 삶의 모습이자, 정상인들과 결코 동화할 수 없는 정신적 · 육체적 거리, 즉 '삶의 거리'를 뜻하기도 합니다.

그 '숨막히는' 여정에서 어쩌다 '낯선 친구 만나면 / 우리들 문둥이끼리 반가운' 동류의식을 느끼며 '앞으로 남은 두 개의 발가락이 잘릴때까지' 계속 갈 수밖에 없다는, 운명을 받아들이는 담담한 정서가 읽는 사람들의 마음을 더욱 안타깝게 해주고 있습니다.

파랑새

한하운

나는
나는
죽어서
파랑새가 되어

푸른 하늘
푸른 들
날아다니며

푸른 노래
푸른 울음
울어 예으리*

나는
나는
죽어서
파랑새가 되리

*예으리 : 예다. '가다'의 옛말.

(시집『보리피리』, 1955)

'푸른 하늘'과 '푸른 들'의 노래

　고향 땅 함흥에 돌아 왔으나, 이 꼴로 집에 들어갈 수가 없다. 더욱이 동리사람들의 눈이 무서워 도저히 밝은 낮에는 들어갈 수가 없었다. 진종일 밤이 오기를 기다렸다. 사람들이 안 다니는 들에서 왼종일 굶으며 기다렸다. 이제는 정말로 문둥이가 된 설움이 가슴을 찢는다. 내가 나를 생각해봐도 내 값이 정말로 한 푼어치도 안되는 것 같다. 이제는 인간 폐업령이 내려졌다. 나는 원한의 피를 토하며 통곡하였다. 모든 것을 검게 가리워 주는 밤이 온다. 나는 여기서 인간의 자유와 이상과 동경을 상징하는 노래로 '파랑새'를 읊으며 인간의 행복을 빌었다.

-한하운, 「나의 슬픈 반생기」에서

　소록도 나환자 수용소의 절대 고독과 절망감으로 몸부림치며 살다 간 시인의 비극적 삶을 엿볼 수 있는 이 시는, 현실적으로 실현 불가능한 꿈을 차라리 죽어서 누릴 수 있기를 바라는 소망이 잘 그려져 있습니다.

　화자가 그토록 되고자 했던 '파랑새'는 나병환자로서의 저주의 사슬로부터 벗어난 자유로운 존재를 의미하고 있으며, 그가 마음껏 날아

다니고자 하는 '푸른 하늘', '푸른 들'은 나병환자들이 사람대접을 받고 사는 유토피아, 즉 이상세계에서의 자유로운 삶에 대한 꿈이며 동경일 것입니다.

 '죽어서 파랑새가 되어' '푸른 노래 푸른 울음' 울며 가겠다는 시인의 절실한 비원悲願이 읽는 이의 가슴을 뭉클하게 합니다.

묵화墨畵

김종삼

물 먹는 소 목덜미에
할머니 손이 얹혀졌다.
이 하루도
함께 지났다고,
서로 발잔등이 부었다고,
서로 적막하다고.

(시집 『십이음계』, 1969)

아름답고 슬픈 우리 시의 전형

    묵화墨畵란 먹을 이용하여 단순한 색과 선으로 자연과 삶의 모습을 담아내는 동양화를 말합니다. 이 시에 등장하는 할머니와 소는 평생을 동거동락하며 서로의 상처와 외로움을 보듬어 주는 동반자요, 한 몸입니다.

    고단한 하루의 일과를 접고 집에 돌아 온 할머니는 소에게 여물을 주며 소의 목덜미를 어루만져 줍니다. 왼 종일 함께 한 소의 수고를 위로하며 소처럼 평생을 살아 온 외로운 노년을 의지하게 해주는 소에게 고마워합니다.

    소와 할머니의 모습은 백석의 시처럼 '가난하고 외롭고 높고 쓸쓸' 하면서 따뜻하고 아름답습니다. 짧은 행간 속에 더할 말도 뺄 말도 없는, 가장 한국적인 이미지와 정서를 시로 승화시킨 이 작품은, 정말이지 한 폭의 묵화를 보는 것처럼 가만가만 번져 오는 감동을 어쩔 수 없습니다.

    평생을 함께한 늙은 소와 할아버지의 이야기로 숱한 화제를 일으키며 300만 관객들의 가슴을 울렸던 독립영화 '워낭소리'와 그 영화를 읽고 썻다고 하는 이순원의 소설 『워낭』을 읽으며, 단 6행의 짧은 시

가 1시간 30분여 걸친 영화와 300여 쪽 분량에 이르는 장편소설의
감동에 뒤지거나 아쉬운 게 없었다는 게 비단 제 생각 만은 아닐 것입
니다.

어느 날 고궁古宮을 나오면서-38

김수영

왜 나는 조그마한 일에만 분개하는가
저 왕궁王宮 대신에 왕궁의 음탕 대신에
오십 원짜리 갈비가 기름덩어리만 나왔다고 분개하고
옹졸하게 분개하고 설렁탕집 돼지 같은 주인 년한테 욕을 하고
옹졸하게 욕을 하고

한 번 정정당당하게
붙잡혀 간 소설가를 위해서
언론의 자유를 요구하고 월남 파병에 반대하는
자유를 이행하지 못하고
이십 원을 받으러 세 번씩 네 번씩
찾아오는 야경꾼들만 증오하고 있는가
옹졸한 나의 전통은 유구하고 이제 내 앞에 정서情緖로
가로놓여 있다
이를테면 이런 일이 있었다
부산에 포로수용소의 제14 야전 병원에 있을 때
정보원이 너스들과 스펀지를 만들고 거즈를
개키고 있는 나를 보고 포로 경찰이 되지 않는다고

남자가 뭐 이런 일을 하고 있느냐고 놀린 일이 있었다
너스들 옆에서

지금도 내가 반항하고 있는 것은 이 스펀지 만들기와
거즈 접고 있는 일과 조금도 다름없다
개의 울음소리를 듣고 그 비명悲鳴에 지고
머리에 피도 안 마른 애놈의 투정에 진다
떨어지는 은행나무 잎도 내가 밟고 가는 가시밭

아무래도 나는 비켜서 있다 절정絶頂 위에는 서 있지
않고 암만해도 조금쯤 옆으로 비켜서 있다
그리고 조금쯤 옆에 서 있는 것이 조금쯤
비겁한 것이라고 알고 있다!

그러니까 이렇게 옹졸하게 반항한다
이발쟁이에게
땅 주인에게는 못 하고 이발쟁이에게
구청직원에게는 못 하고 동회직원에게도 못 하고

야경꾼에게 이십 원 때문에 십 원 때문에 일 원 때문에
우습지 않느냐 일 원 때문에

모래야 나는 얼마큼 적으냐
바람아 먼지야 풀아 나는 얼마큼 적으냐
정말 얼마큼 적으냐...

(시집『거대한 뿌리』, 1974)

바람아 먼지야 풀아 나는 얼마큼 적으냐

　김수영은 서정주와 더불어 한국시문학사에 가장 많은 영향을 남기고 있는 시인으로 평가받고 있습니다. 김수영 시의 스펙트럼은 다양해서 한두 마디로 정의하기 어렵습니다. 어떤 시는 난해한 모더니스트로, 어떤 시에서는 민족문학의 전위로, 그런가 하면 소시민적 자학과 반전통주자 등으로 나타나기도 합니다. 그러나 한 시인에게 있어 시의 지향은 다양하게 변화하기 때문에 '이 시인은 이러한 경향의 시인이다'라고 규정하는 것은 별 의미가 없을 것입니다.

　이 시는 부끄러운 소시민적 자아에 대한 비판과 각성을 보여 주고 있습니다. '어느 날 고궁을 나오면서' 시인은 문득 자신이 추구하는 삶이나 시의 경향, 소위 민중 시인으로서의 명성과 전혀 다른 삶을 살고 있음을 깨닫게 됩니다.

　'정부' '땅 주인' '구청 직원' '동회 직원' 등 소위 가진 자, 힘 있는 자에게는 꼼짝 못하면서 '설렁탕집 주인 년' '이발장이' '야경꾼' 등으로 상징되는 힘없는 자에게는 단돈 일 원 때문에 흥분합니다. '언론의 자유를 요구하고 월남 파병에 반대하다' 붙잡혀 간 소설가를 보면서도 권력에 항의하지 못하고 '설렁탕집'에서 '오십 원짜리 갈비가 기름 덩어리만 나왔다고 분개'하기도 합니다.

부정과 불의에는 항거하지 못하면서 사소한 것에 흥분하고 분개하는 자신의 소시민적 일상을 돌아보며 자기모순과 모멸에 빠지고 있습니다. 가진 자, 힘 있는 자에게 정면에서 대결하지 못하고, 즉 '절정絶頂 위에는 서 있지 않고 암만해도 조금쯤 옆으로' 비켜서서 현실을 방관하는 지식인의 무능과 허위의식을 해학적으로 보여주고 있습니다.

　도덕적이고 정의로운 삶을 살고자 하는 한 시인의 이상과 현실 사이의 모순과 갈등을 그린 이 시는, 우리 모두의 대체적인 자화상이며 현실이 아닐지요.

개구리 소리

이오덕

거뭇거뭇 숲속에 퍼런 못자리 물속에
도랑물 옆 긴 둑 따라 포플러 신작로 따라
울어라 개구리야

학교 낼 돈 걱정하다 늦게 왔다고 꾸중 듣고
저녁 굶고 엎드려 잠든 내 동생 꿈속에서
울어라 개구리야

바라보는 밤하늘 별 눈물에 어려 빛나고
돈 벌러 간 아버지 소식이 궁금해
울어라 개구리야

읍내 장에 나물 팔고 돌아오는 어머니
빈 광주리 가득히 네 노래 담고 오신다
울어라 개구리야

외딴집 빨간 불빛 풀빛 들판에서
도랑물 옆 긴 둑 따라 포플러 신작로 따라

울어라 개구리야

(동시집 『개구리 울던 마을』, 1981)

울어라 개구리야

K형!

빗님 오신다더니 개구리 울음소리 한층 극성스런 밤입니다.

유년 시절, 개구리 소리를 참으로 좋아했습니다. 초저녁부터 덤불쑥 태우는 냄새 매캐한 마을회관 앞마당에서 술래잡기 놀이로 와자했던 아이들 엄마 손에 끌려 하나 둘씩 집으로 돌아가고 난 뒤, 혼자 남아 낮 동안 따끈하게 달궈진 '지.덕.노.체'네잎클로버 새겨진 4-H 비석에 기대어 별빛 무너져 내리는 하늘을 바라보노라면 강 건너 양짓말 못자리 무논에서 개구리 울음소리 와글와글 무너져 내리고는 했습니다.

바글바글 끓어대던 소리들이 약속이나 한 듯 뚝 끊겼다가 다시 일제히 울어대고, 이따금 어른들 손바닥만한 먹개구리 소리도 부엌부엌 끼어드는 밤꽃향기 어지러운 봄밤.

K형!

지금은 중학교 2학년이 된 딸 놈이 초등학교 5학년 때인가, '개구리 소리'를 흥얼거리기에 어디서 배웠느냐고 물었더니 담임선생님이 가르쳐 주셨다고 하더군요. 세상 참 많이 좋아졌지요. 불과 몇 년 전까지만 해도 그런 노래를 가르치면 '속이 벌건' 문제 선생으로 한참

시끄러웠을 텐데 말입니다. 제가 존경하는 이오덕 선생의 시를 국악인 김영동 선생께서 곡을 붙여 대금으로 연주했지요.

K형!

아름다운 말과 서정敍情은 결코 우리의 삶과 별개가 아니라는 사실을 이 밤, 개구리 소리 혼곤한 시간에 다시 생각해 봅니다. 고단한 하루 일을 접고 잠자리에 든 우리의 가난한 이웃들에게 이 노래를 들려주고 싶습니다. 자기 얘기 쓴다고 책상 앞에 촛불 켜주고 잠자리에 든 우리 딸의 꿈속 가득히 개구리 울음소리 깃들기를 바라면서, 이만 불 끄고 개구리 소리나 들어야 겠습니다.

성탄제聖誕祭

김종길

어두운 방안엔
빠알간 숯불이 피고,

외로이 늙으신 할머니가
애처로이 잦아드는 어린 목숨을 지키고 계시었다.

이윽고 눈 속을
아버지가 약藥을 가지고 돌아오시었다.

아, 아버지가 눈을 헤치고 따오신
그 붉은 산수유山茱萸 붉은 열매-

나는 한 마리 어린 짐생,
젊은 아버지의 서늘한 옷자락에
열熱로 상기한 볼을 말없이 부비는 것이었다.

이따금 뒷문을 눈이 치고 있었다.
그 날 밤이 어쩌면 성탄제聖誕祭의 밤 이었을지도 모른다.

어느 새 나도
그때의 아버지만큼 나이를 먹었다.

옛것이라곤 찾아 볼 길 없는
성탄제聖誕祭 가까운 도시에는
이제 반가운 그 옛날의 것이 내리는데,
서러운 서른 살 나의 이마에
불현듯 아버지의 서느런 옷자락을 느끼는 것은,

눈 속에 따오신 산수유 붉은 알알이
아지도 내 혈액血液속에 녹아흐르는 까닭일까.

(시집 『성탄제, 1969』)

시란 과연 무엇인가

　눈 내리는 성탄제 가까운 밤, 어린 시절의 화자는 열병을 앓고 있었습니다. 병원도 약국도 없는 산골의 밤, '애처로이 잦아드는 어린 목숨'을 위하여 아버지는 눈 속을 헤치고 산수유 열매를 따옵니다. 그 붉은 산수유 열매와 아버지의 서늘한 옷자락을 통해 '어린 짐승'과도 같은 '나'는 일어 날 수 있었습니다.

　이제 '그 때의 아버지만큼 나이를 먹은' 화자는 성탄제 가까운 어느 날, '서러운 서른 살' 이마에 와 닿는 서늘한 눈발의 감촉에서 불현듯 아버지의 '서느런 옷자락'을 느끼고 있습니다. 엄동설한嚴冬雪寒의 한 밤중, 눈을 헤치고 아버지가 따오신 '산수유 열매'가 '아직도 내 혈액 속에 녹아 흐르는' 것은 화자의 내부에 생명의 원소처럼 아버지의 사랑이 살아있기 때문입니다.

　이 시의 바탕에는 고향에 대한 원초적 그리움을 담고 있습니다. '빠알간 숯불', '외로이 늙으신 할머니', '눈 속에 따오신 산수유 열매', '서느런 아버지의 옷자락' 등의 이미지에서 '옛것이라곤 찾아 볼 길 없는 성탄제聖誕祭 가까운 도시'에 대한 실망감을 고향에서 찾고자 합니다.

　시란 과연 무엇인가, 다시 한 번 생각하게 하는 아름답고 따듯한 시 입니다.

진달래 산천

신동엽

길가엔 진달래 몇 뿌리
꽃 펴 있고,
바위 모서리엔
이름 모를 나비 하나
머물고 있었어요.

잔디밭엔 장총長銃을 버려 던진 채
당신은
잠이 들었죠.

햇빛 맑은 그 옛날
후고구렷적 장수들이
의형제를 묻던,
거기가 바로
그 바위라 하더군요.

기다림에 지친 사람들은
산으로 갔어요
뼛섬은 썩어 꽃죽 널리도록.

남햇가,
두고 온 마을에선
언제인가, 눈먼 식구들이
굶고 있다고 담배를 말며
당신은 쓸쓸히 웃었지요.

지까다비 속에 든 누군가의
발목을
과수원 모래밭에선 보고 왔어요.

꽃살이 튀는 산허리를 무너
온종일
탄환을 퍼부었지요.

길가엔 진달래 몇 뿌리
꽃 펴 있고,
바위 그늘 밑엔
얼굴 고운 사람 하나
서늘히 잠들어 있었어요.

꽃다운 산골 비행기가
지나다
기관포 쏟아 놓고 가버리더군요.

기다림에 지친 사람들은
산으로 갔어요.
그리움은 회올려
하늘에 불붙도록.
뼛섬은 썩어
꽃죽 널리도록.

바람 따신 그 옛날
후고구렷적 장수들이
의형제를 묻던
거기가 바로
그 바위라 하더군요.

잔디밭엔 담배갑 버려 던진 채
당신은 피
흘리고 있었어요.

(『조선일보』, 1959)

현실참여시의 지평을 열다

「진달래 산천」은 한 꽃다운 젊은이의 죽음을 통해 현대사의 비극이자 냉전 이데올로기의 산물인 빨치산의 죽음을 일체의 감정과 기교를 배제한 채 담담하게 그리고 있습니다. 비록 간접적이고 우회적일망정 우리 문학사에서 빨치산의 존재를 최초로 다룬 작품으로 신동엽의 진보적, 민중적 세계관을 엿볼 수 있는 시 라고 할 수 있습니다.

'진달래'는 개인적 심상이 아니라 민족적 심상이라 할 수 있을 정도로 많은 시인들이 노래해 왔고, 그만큼 우리 민족의 삶과 더불어 친숙한 꽃입니다. 이 시에는 진달래가 내포한 비애와 6·25 동란의 비극적 정서가 결합되어 있습니다. 신동엽은 이 시에서 역사 속 민중들의 좌절과 희망을 진달래의 핏빛 이미지 속에 형상화하고 있습니다.

신동엽이 활동한 1950년대는 이승만 자유당 독재정권에 의해 반공 이념만이 허용되던 시기였습니다. 이 시기 그는 「진달래 산천」을 통해 전쟁의 아픔과 분단을 시로 형상화하고 있습니다. 이후 4·19와 5·16을 겪으면서 문학의 현실참여를 외치며 외세와 분단, 반민족적 세력과 부패한 권력, 공동체의 회복 등의 문제를 소재로 현실참여시의 지평을 열어 간 시인으로 평가 받고 있습니다.

종로 5가

신동엽

이슬비 오는 날.
종로 5가 서시오판* 옆에서
낯선 소년이 나를 붙들고 동대문을 물었다.

밤 열한 시 반,
통금에 쫓기는 군상 속에서 죄없이
크고 맑기만 한 그 소년의 눈동자와
내 도시락 보자기가 비에 젖고 있었다.

국민학교를 갓 나왔을까.
새로 사 신은 운동환 벗어 품고
그 소년의 등허리선 먼 길 떠나온 고구마가
흙 묻은 얼굴들을 맞부비며 저희끼리 비에 젖고 있었다.

충청북도 보은 속리산, 아니면
전라남도 해남땅 어촌 말씨였을까.
나는 가로수 하나를 걷다 되돌아섰다.
그러나 노동자의 홍수 속에 묻혀 그 소년은 보이지 않았다.

그렇지.
눈녹이 바람이 부는 질척질척한 겨울날,
종묘 담을 끼고 돌다가 나는 보았어.
그의 누나였을까.
부은 한쪽 눈의 창녀가 양지쪽 기대 앉아
속내의 바람으로, 때 묻은 긴 편지 읽고 있었지.

그리고 언젠가 보았어.
세종로 고층건물 공사장,
자갈지게 등짐하던 노동자 하나이
허리를 다쳐 쓰러져 있었지.
그 소년의 아버지였을까.
반도의 하늘 높이서 태양이 쏟아지고,
싸늘한 땀방울 뿜어낸 이마엔 세 줄기 강물,
대륙의 섬나라의
그리고 또 오늘 저 새로운 은행국의
물결이 딩굴고 있었다.

남은 것은 없었다.
나날이 허물어져 가는 그나마 토방 한 칸.
봄이면 쑥, 여름이면 나무뿌리, 가을이면 타작마당을 휩쓰는 빈 바람.
변한 것은 없었다.
이조 오백 년은 끝나지 않았다.

옛날 같으면 북간도라도 갔지.
기껏해야 버스길 삼백리 서울로 왔지.
고층 건물 침대 속 누워 비료광고만 뿌리는 그머리 마을,
또 무슨 넉살 꾸미기 위해 짓는지도 모를 빌딩 공사장,
도시락 차고 왔지.

이슬비 오는 날,
낯선 소년이 나를 붙들고 동대문을 물었다.
그 소년의 죄없이 크고 맑기만 한 눈동자엔 밤이 내리고
노동으로 지친 나의 가슴에선 도시락 보자기가
비에 젖고 있었다.

* 서시오판 : 건널목 신호등

(『동서춘추』, 1967)

우리들 삶의 초상

　1960년대, 농촌과 농민의 희생을 담보로 이루어진 산업화 정책으로 농민들은 날로 황폐화해 가는 고향을 등지고 도시로 몰려옵니다. 그러한 과정에서 농민들이 도시의 하층민, 즉 노동자나 도시빈민, 창녀로 변해가는 과정을 아프게 그려내고 있습니다.

　이슬비 내리는 날, '통금에 쫓기는 밤 열한 시 반'종로 5가 신호등 앞에서 동대문을 묻는 한 소년의 암울한 현실을 상징적으로 보여주고 주고 있습니다. '국민학교를 갓 나왔을까.' 새로 사 신은 운동화를 벗어 품에 안고 통금에 쫓기는 '죄 없이 크고 맑기만 한 그 소년'과 눈 녹은 길 질척질척한 겨울 어느 날, 종묘 담을 끼고 돌다가 본 '속내의 바람으로, 때 묻은 긴 편지를 읽고' 있는 '부은 한쪽 눈의 창녀', 그리고 '세종로 고층 건물 공사장 자갈지게 등짐하던' 노동자는 우리 모두의 누이이며 형님, 또는 아버지 초상肖像에 다름 아닐 것 입니다.

　60년대 저임금低賃金 저곡가低穀價를 기반으로 한 수출주도형 신업화 정책으로 농민들은 남부여대男負女戴, 정든 고향을 버리고 도시로 몰려가게 됩니다. 이러한 이농離農에 따른 농촌 공동체의 붕괴와 산업화의 그늘에서 도시빈민으로 전락한 농민들의 아픈 삶을 핍진하게 보여주고 있습니다.

귀천

천상병

나 하늘로 돌아가리라.
새벽빛 와 닿으면 스러지는
이슬 더불어 손에 손을 잡고,

나 하늘로 돌아 가리라.
노을빛 함께 단 둘이서
기슭에서 놀다가 구름 손짓하며는,

나 하늘로 돌아 가리라.
아름다운 이 세상 소풍 끝내는 날
가서, 아름다웠더라고 말하리라.

(시집 『주막에서』, 1979)

순수 무욕의 삶이 빚어 낸 아름다운 시편

불가에서는 일체 중생의 고통과 번뇌가 '욕망'에서 비롯된다고 합니다. 그래요. 그 끝간데 모를 욕심덩이가 어쩌면 우리들의 삶, 그 자체일지도 모릅니다.

삶의 지난한 모퉁이에서 어느 날 문득 그의 시를 읽노라면, 애면글면한 우리의 삶이란 게 참으로 남루하고 부질없다는 생각이 들기도 합니다. 가당찮게도 아주 잠시나마 '무욕의 삶' 이란 걸 생각해보기도 하고요.

업장처럼 떠메고 있는 그 욕심들을 하나 둘 내려놓을 때 우리도 바람처럼 가볍고 맑아져서 어느 날, '노을 빛 함께 단 둘이서 / 기슭에서 놀다가 구름 손짓하며'는 손 툭툭 털고 일어나 하늘로 돌아 갈 수 있는 걸까요?

영욕榮辱의 뒤안길에서 철저하게 무소유와 자유인으로 살다 간 시인 천상병. 그의 시 「귀천」은 삶과 죽음에 대한 달관과 덧없음을 소박한 언어로 그리고 있습니다. 장식적 수사나 기교를 배제하고 담백한 시편으로 천상의 세계를 노래하던 그가 더욱 그리워지는 요즘입니다.

순수 무욕의 삶! 그러한 삶이 빚어 낸 아름다운 시 「귀천」은 정말 우리가 떠메고 있는 것이 다 무엇인지, 진정으로 아름다운 삶과 시 쓰기는 무엇인지를 다시 한번 곱씹어 보게 합니다.

이 세상에 왔다가 숱한 기행을 뿌리고 간 천상天上의 시인 천상병, 그의 소풍이 끝난지도 벌써 10여년이 지나고 있습니다. 그는 우리 모두를 대신해서 말하고 있을것입니다.

'아름다운 이 세상 정말 즐거운 소풍이었노라고...'

제2장
존재의 무상함과 소멸의 아름다움

문의文義 마을에 가서

고은

겨울 문의에 가서 보았다.
거기까지 닿은 길이
몇 갈래의 길과 가까스로 만나는 것을
죽음은 죽음만큼
이 세상의 길이 신성하기를 바란다.
마른 소리로 한 번씩 귀를 달고
길들은 저마다 추운 소백산맥쪽으로 뻗는구나.
그러나 빈부에 젖은 삶은 길에서 돌아가
잠든 마을에 재를 날리고
문득 팔짱 끼고 서서 참으면
먼 산이 너무 가깝구나.
눈이여 죽음을 덮고 또 무엇을 덮겠느냐.

겨울 문의에 가서 보았다.
죽음이 삶을 꽉 껴안은 채
한 죽음을 무덤으로 받는 것을.
끝까지 참다 참다
죽음은 이 세상의 인기척을 듣고

저만큼 가서 뒤를 돌아다본다.

지난 여름의 부용꽃인 듯

준엄한 정의인 듯

모든 것은 낮아서

이 세상에 눈이 내리고

아무리 돌을 던져도 죽음에 맞지 않는다.

겨울 문의여, 눈이 죽음을 덮고 나면 우리 모두 다 덮이겠느냐

(시집 『문의 마을에 가서』, 1974)

먼 산이 너무 가깝구나

고은은 작품 발표의 양과 질에서 타의 추종을 불허하고 있는, 우리 시단의 '큰 시인'으로 불리고 있습니다. 그런가하면 장르도 다양하여 소설, 수필, 평론 등 문학 전 분야를 종횡무진 하고 있습니다. 그의 시적 스펙트럼은 넓고 깊어서 그의 시세계를 몇 마디로 규정하기란 불가능합니다. 끝없이 나아가고 모색하고 변화하는, 실로 장엄하다 할 그의 문학적 열정은 매년 노벨문학상 수상후보자로 거론 되는 일이 지극히 당연해 보입니다.

삶과 죽음의 문제에 대한 인식의 전환을 보여 주고 있는 '명상시'라고 할 수 있는 이 시는, 친구인 신동문 시인의 모친상 때 충북 청원군의 '문의마을'에 문상을 다녀 와 쓴 시라고 합니다.

이 세상에 존재하는 만물 중에서 죽음보다 높은 것은 없으며, '아무리 돌을 던져'쫓아내려 해도 죽음은 온 세상을 덮어 버리는 눈처럼 피할 수 없는 숙명임을 말해주고 있습니다. 이 시에서 죽음은 결코 절망적이거나 공포의 대상이 아니라, 친근한 대상으로서 화자의 의식 속에 자리 잡고 있습니다. 즉 죽음은 '삶에서 출발하는 것이며 삶의 완성'이라는 사실을 인식함으로써 한층 경건한 삶의 자세를 지니게 합니다.

장례의식을 통해 깨닫게 된 죽음과 삶의 관계가 별개가 아닌 하나라
는 사실을 '먼 산이 너무 가깝구나'라는 표현으로 환기시켜 주고 있습
니다.

선제리 아낙네들

고은

먹밤중 한밤중 새터 중뜸 개들이 시끌짝하게 짖어댄다.
이 개 짖으니 저 개도 짖어
들 건너 갈뫼 개까지 덩달아 짖어댄다
이런 개 짖는 소리 사이로
언뜻언뜻 까 여 다 여* 따위 말끝이 들린다.
밤 기러기 드높게 날며
추운 땅으로 떨어뜨리는 소리하고 남이 아니다.
앞서거니 뒤서거니 의좋은 그 소리하고 남이 아니다
콩밭 김칫거리
아쉬울 때 마늘 한 접 이고 가서
군산 묵은 장 가서 팔고 오는 선제리 아낙네들
팔다 못해 파장 떨이로 넘기고 오는 아낙네들
시오릿길 한밤중이니
십릿길 더 가야지
빈 광주리야 가볍지만
빈 배 요기도 못 하고 오죽이나 가벼울까
그래도 이 고생 혼자 하는 게 아니라

못난 백성

못난 아낙네 끼리끼리 나누는 고생이라

얼마나 의좋은 한세상이더냐.

그들의 말소리에 익숙한지

어느새 개 짖는 소리 뜸해지고

밤은 내가 밤이다 하고 말하려는 듯 어둠이 눈을 멀뚱거린다

* 까 여 다 여 : 전라도 사투리의 특징적인 종결형을 나열 한 것.

(시집 『조국의 별』, 1984)

밤은 내가 밤이다

초겨울 어느 날, 군산 장場을 보러 갔다 밤늦게 돌아오는 선제리 아낙네들의 '앞서거니 뒤서거니 의좋은' 삶의 소리와 모습을 통해 가난하지만 따뜻한 농촌 삶의 모습을 잔잔하게 들려주고 있습니다.

마늘 한 접을 팔기 위해 '시오릿길 한밤중' 을 '빈 배 요기도 못 하고' 걸어야 하는 고단한 삶이지만 정작 시의 주조를 이루는 것은 '그래도 이 고생 혼자 하는 게 아니라 못난 백성 못난 아낙네 끼리끼리 나누는 고생이라'는 깨달음, 즉 민중들이 다 함께 하는 '고생'이며 '의좋은 한세상' 이라는 공동체적 정서라고 할 수 있습니다.

가난하고 못났지만 끼리끼리 나누며 의좋게 살아가는 '선제리 아낙네들'의 따뜻한 모습에서 사람 사는 세상에 대한 믿음과 희망, 그리고 마음의 평화에 까지 이르게 해주고 있습니다.

머슴 대길이

고은

새터 관전이네 머슴 대길이는
상머슴으로
누룩 도야지 한 마리 번쩍 들어
도야지 우리에 넘겼지요.
그야말로 도야지 멱따는 소리까지도 후딱 넘겼지요.
밥 때 늦어도 투덜댈 줄 통 모르고
이른 아침 동네길 이슬도 털고 잘도 치워 훤히 가리마 났지요.
그러나 낮보다 어둠에 빛나는 먹눈이었지요.
머슴방 등잔불 아래
나는 대길이 아저씨한테 가갸거겨 배웠지요.
그리하여 장화홍련전을 주룩주룩 비 오듯 읽었지요.
어린아이 세상에 눈 떴지요.
일제 36년 지나간 뒤 가갸거겨 아는 놈은 나밖에 없었지요.

대길이 아저씨더러는
주인도 동네 어른도 함부로 대하지 않았지요.
살구꽃 핀 마을 뒷산에 올라가서
홑적삼 큰아기 따위에는 눈요기도 안하고

지게 작대기 뉘어 놓고 먼 데 바다를 바라보았지요.

나도 따라 바라보았지요.

우르르르 달려가는 바다 울음소리 들었지요.

찬 겨울 눈더미 가운데서도

덜렁 겨드랑이에 바람 잘도 드나들었지요.

그가 말했지요.

사람이 너무 호강하면 저밖에 모른단다.

남하고 사는 세상인데

대길이 아저씨

그는 나에게 불빛이었지요.

자다 깨어도 그대로 켜져서 밤새우는 불빛이었지요.

(시집 『만인보』, 1986)

민중들에 대한 희망 노래

『만인보』萬人譜 는 고은 시인이 1986년부터 2009년까지 23여 년에 걸쳐 집필한 연작시집으로, 1970년대 이래 정치인, 문인, 재야인사 등 크고 작은 역사적 인물뿐만 아니라 이름 없이 살다 간 민초들과 우리 이웃들의 삶의 모습을 시로 쓴 사회사社會史 라고 할 수 있습니다.

총 30권에 수록 된 3,800여 편의 이야기는 바로 우리 이웃들의 삶의 소리이며, 초상肖像이라고 할 수 있습니다. '만인萬人'은 수량상의 '일만명'一萬名이 아니라, 다양한 삶의 초상을 담고 있다는 '존재의 의미'를 나타내고 있습니다.

시인은 어린 시절 만난 '머슴 대길이'를 통해 민초들 삶의 건강성과 희망을 노래하고 있습니다. '대길이'는 우리 사회의 소외계층을 대표하는 인물로 고통스런 현실을 극복하려는 민중의 모습으로서 전형성을 지니고 있습니다.

그는 신분은 비록 하층민이지만 곧고 바른 인격의 소유자로 긍정적인 사고방식과 부지런한 생활태도를 지녔으며, 생각이 깊고 진지한 인물입니다. 무엇보다도 그는 화자에게 한글을 깨우쳐주고 남과 더불어 사는 세상이치를 가르쳐준 사람이었기에 화자는 그를 '자다 깨어도 그대로 켜져서 밤새우는 불빛'으로 여길 만큼 존경스런 인물로 그리고 있습니다.

특히 '사람이 너무 호강하면 저밖에 모른단다 / 남하고 사는 세상인데'라는 진술을 통해 현대인들의 이기적이고 오만한 삶을 비판함으로써 인간과 인간, 나아가 인간과 자연이 아름답게 조화를 이루며 살아가는 삶이야말로 우리가 추구해야 할 참다운 삶임을 강조하고 있습니다.

머슴 '대길이'는 고달픈 삶을 살아가는 소외당한 인물로서의 상징성을 갖고 있습니다. 그러나 천대받는 머슴살이 속에서도 삶을 긍정하고 굿굿하게 일하며 사람과 세상에 대한 사랑과 희망을 잃지 않고 살아가는 인간상으로서 수난과 질곡의 역사를 지켜 온 이 땅의 주인이며 진정한 힘의 원천이 아닐 수 없습니다.

울음이 타는 가을 강江

박재삼

마음도 한자리 못 앉아 있는 마음일 때
친구의 서러운 사랑 이야기를
가을햇볕으로나 동무삼아 따라가면,
어느새 등성이에 이르러 눈물나고나.

제삿날 큰집에 모이는 불빛도 불빛이지만,
해질녘 울음이 타는 가을 江을 보겠네.

저것 봐, 저것 봐,
너보다도 니보다도
그 기쁜 첫사랑 산골물 소리가 사라지고
그 다음 사랑 끝에 생긴 울음까지 녹아나고
이제는 미칠 일 하나로 바다에 다와가는
소리 죽은 가을 江을 처음 보겠네.

(시집 『춘향이 마음』, 1959)

모든 사라져 가는 것들의 슬픔

'울음이 타는 가을 강'은 '노을이 타는 가을 강'을 말합니다. 노을을 '울음'이라 한 것은 바로 그 '노을'을 바라보는 화자의 정서가 서러움으로 물들어 있기 때문일 것입니다.

시 속의 화자는 제사를 치르기 위해 큰집이 있는 고향을 찾아가는 길목에서 마을 앞을 흐르는 강을 보며 그에 얽힌 어린 시절의 추억을 반추하고 있습니다. 저녁놀이 붉게 물들어 가는 '가을 강'을 바라보면서 자연의 정경과 시인의 마음이 합일을 이루게 됩니다. '저녁'은 '가을'과 함께 소멸의 의미를 지니며, '가을'과 '놀'은 모든 사라져 가는 것들의 슬픔을 노래하기에 적당한 이미지입니다.

이 시에서 보여주는 애틋한 정서는 사랑의 실패를 겪은 화자의 체험 속에 녹아 있는 감정에서 비롯된 것임을 알 수 있습니다. 인간 본연의 슬픔과 고독, 무상함을 지닌 화자의 가슴에 '저녁 놀'은 단순한 노을이 아닌 '울음'으로 비쳐지고 있습니다. 따라서 「울음이 타는 가을 강」은 '사라져 가는 모든 것이 지닌 슬픔'의 노래라고 할 수 있습니다.

박재삼은 평범한 일상에서 소재를 찾아 그 속에 녹아 있는 슬픔의 정서를 포착, 절제된 언어와 섬세한 서정으로 형상화하여 김소월, 서정주로 이어지는 '전래적 서정시'의 맥을 잇는 시인으로 평가 받고 있습니다.

낙화落花

이형기

가야 할 때가 언제인가를
분명히 알고 가는 이의
뒷모습은 얼마나 아름다운가.

봄 한철
격정激情을 인내한
나의 사랑은 지고 있다.

분분한 낙화··
결별訣別이 이룩하는 축복에 싸여
지금은 가야 할 때.

무성한 녹음과 그리고
머지않아 열매 맺는
가을을 향하여

나의 청춘은 꽃답게 죽는다.

헤어지자
섬세한 손길을 흔들며
하롱하롱 꽃잎이 지는 어느 날

나의 사랑, 나의 결별,
샘터에 물 고이듯 성숙하는
내 영혼의 슬픈 눈.

(시집 『적막강산』, 1963)

존재의 무상함과 소멸의 아름다움

이형기는 존재의 무상함과 소멸의 아름다움을 노래한 시인입니다. 「낙화」는 '분분하게' 혹은 '하롱하롱' 떨어지는 꽃잎을 통해 만남과 이별, 죽음 등 인생의 의미를 성찰하게 하는 시입니다.

세상에 존재하는 모든 것들은 이별의 때가 오게 마련입니다. 시인은 떨어지는 꽃을 사람 사이의 만남과 이별로 환치시키고 있습니다. 그러나 그 이별은 사랑하는 사람들의 헤어짐으로만 보지 않고 인간 삶의 보편적 국면으로 확대시켜 놓고 있습니다.

'가야 할 때가 언제인가를 / 분명히 알고 가는' 낙화의 아름다운 모습은, 자연의 섭리에 대한 순응으로 이별이나 죽음 또한 그 참된 의미를 알고 이루어 질 때는 아름다울 수 있다는 '깨달음'의 노래라고 할 수 있습니다.

답십리踏十里

민영

-하나

땅거미 지면
거나해서 돌아온다.
양 어깨 축 늘어진
빨래가 되어.
새벽에 지고 나선
청석靑石의 소금짐은
발끝에 채이는
돌멩이만도 못하구나!
촬영소 고개 너머
십리十里의 불빛.
중랑천 둑방에는
낄룩새 운다.

-둘

고개 하나를 넘으면
아주까리 마을.
오리 치는 초막草幕에는
사당이 산다.
머리가 반백半白인
늙은 사당,
전축 소리만 들려 와도
어깨춤 춘다.
김세나* 낙양성 십리허洛陽城十里許
에도 덩실거리고,
심청가沈淸歌 자진모리에도
고개 떨군다.

-셋

어디로 간들
숨통이 트이랴,
여뀌풀 흐드러진 하빈河濱*
기氣를 돌린다.
저자의 와자지껄
들 앞에서 멈추고,
거무튀튀한 쓰거운 물이
창자를 훑는다.
내 생애의 만 리萬里의 구름,
짓씹는 어금니의 허전한 새벽.
예서 살으리
발굽 닳을 때까지!

* 김세나 : 가수 김세레나
* 하빈 : 물가

(시집 『바람 부는 날』, 1991)

예서 살으리, 발굽 닳을 때까지!

　도시화 산업화의 과정에서 오염된 중랑천 주변에 살고 있는 보따리 소금장수와 늙은 사당의 고단한 삶을 통해서 소외되고 가난한 서민들의 현실을 우회적으로 비판하고 있습니다.

　소금행상으로 마을마다 돌아다니는 화자의 눈에 비친 '오리 치는 초막草幕에' 사는 사당은 '낙양성 십리허'의 노래에도 흥겨워하고 '심청가'판소리 가락에도 저절로 흥이 넘칩니다. 그러나 '어깨춤을 추고' '고개 떨구는' 흥겨운 춤사위는 가난하고 어려운 현실을 반어적으로 드러내는 것이라 할 수 있습니다.

　사방 어디를 둘러보아도 모두가 숨 막히는 상황, 저자 거리의 왁자지껄한 모습이나 '거무튀튀한 쓰거운 물이'흐르는 중랑천은 화자를 비롯한 모든 서민들의 열악한 삶의 터전 입니다. 그 같은 절망적인 현실인식 속에서 화자는 자신의 삶이 '만리의 구름'처럼 허무하다는 것을 깨닫지만, 물가에 흐드러지게 피어 난 '여뀌풀'을 통해 어금니를 짓씹으며 살고자 하는 의지를 새롭게 하고 있습니다.

　중랑천 둑방을 떠나지 못하는 '낄룩새'처럼 화자에게도 이곳은 결코 떠날 수 없는 운명 같은 곳임을 깨닫고 '예서 살으리 발굽 닳을 때까지! ' 라며 현실 극복의 의지를 보여주고 있습니다.

　민영 시인을 일러 '은자시인'이라고 합니다. 은자隱者, 벼슬을 하지 않고 숨어사는 사람을 말합니다. 세속적인 명예나 시류에 편승하지 않고 우직하게 시의 길을 걸어 온 노 시인께 이 겨울, 따듯한 숭늉 한 대접 올리고 싶습니다.

겨울밤

신경림

우리는 협동조합 방앗간 뒷방에 모여
묵내기 화투를 치고
내일은 장날. 장꾼들은 와자지껄
주막집 뜰에서 눈을 턴다.
들과 산은 온통 새하얗구나. 눈은
펑펑 쏟아지는데
쌀값 비료 값 얘기가 나오고
서울로 식모살이 간 분이는
아기를 뺐다더라. 어떡할꺼나.
술에라도 취해 볼거나. 술집 색시
싸구려 분 냄새라도 맡아 볼꺼나.
우리의 슬픔을 아는 것은 우리뿐.
올해에는 닭이라도 쳐 볼거나.
겨울밤은 길어 묵을 먹고.
술을 마시고 물세 시비를 하고
색시 젓갈 장단에 유행가를 부르고
이발소집 신랑을 다루러
보리밭을 질러가면 세상은 온통

하얗구나. 눈이여 쌓여

지붕을 덮어 다오 우리를 파묻어 다오.

오종대 뒤에 치마를 둘러쓰고

숨은 저 계집애들한테

연애편지라도 띄워 볼꺼나. 우리의

괴로움을 아는 것은 우리뿐.

올해에는 돼지라도 먹여 볼거나.

(『한국일보』, 1965)

우리의 슬픔을 아는 것은 우리 뿐

　신경림 시인은 우리 문학사에서 리얼리즘 시의 지평을 연 '이야기 꾼'으로 농촌과 농민, 도시의 가난한 이웃들의 삶의 모습을 진솔하게 그리고 있습니다.

　장날을 앞두고 협동조합 방앗간 뒷방에 모여 묵 내기 화투를 치면서 쌀값, 비료 값, 서울로 식모살이 간 분이 이야기 등을 통해 고단한 농촌의 정서와 농민 현실을 담담하게 그려내고 있습니다.

　'우리의 슬픔을 아는 것은 우리뿐' 이라는 자조적인 한탄을 통해 소외 된 삶을 살고 있는 농민들의 현실을 겨울밤 쓸쓸한 정경과 함께 한 편의 소설을 읽는 듯한 '이야기'형식으로 보여주고 있습니다.

　좋은 시란 우선 독자와 의사소통이 돼야 합니다. 의사소통이란 감동을 주는 것을 말합니다. 즉 뜻으로만 읽는 시가 아니라, 느낌으로 읽는 시를 말하지요. 그리고 많이 읽히는 시 보다 깊이 읽히는 시가 '좋은 시'라고 한 신경림의 시론은 그의 시를 이해하는데 큰 보탬이 될 것입니다.

파장

신경림

못난 놈들은 서로 얼굴만 봐도 흥겹다
이발소 앞에 서서 참외를 깎고
목로에 앉아 막걸리를 들이키면
모두들 한결같이 친구 같은 얼굴들
호남의 가뭄 얘기 조합 빚 얘기
약장사 기타 소리에 발장단을 치다 보면
왜 이렇게 자꾸만 서울이 그리워지나
어디를 들어가 섰다라도 벌일까
주머니를 털어 색시집에라도 갈까
학교 마당에들 모여 소주에 오징어를 찢다
어느새 긴 여름 해도 저물어
고무신 한 켤레 또는 조기 한 마리 들고
달이 환한 마찻길을 절뚝이는 파장

(『창작과 비평』, 1970)

달이 환한 마찻길을 절뚝이는 파장

　백두대간에서 갈라져 나온 봉우리들이 내쳐 달리다가 뚝 끊긴 곳. 소백산맥의 깊은 골골마다 들어선 쇠락한 농촌마을과 장터, 그곳 사람들의 허물어진 삶이 신경림 시가 뿌리 내리고 있는 토양이며, 그의 시를 잉태해 낸 고향입니다.

　우리에게 있어 70년대란 무엇인가? 새마을 운동이라는 미명아래 '우리도 한번 잘 살아 보세'를 외치며 초가지붕을 걷어내고 마을길도 넓어 졌지만 근대화라는 허울속에 농촌은 철저히 파괴 되었고, 공동체적 삶이 뿌리째 뽑히는 과정에 다름아니었습니다.

　그의 시 「파장」은 이러한 시골 소읍을 배경으로 답답하기만 한 농민의 삶과 무너져 가는 농촌의 절망을 소박한 언어로 그리고 있습니다. '이발소 앞에 서서 참외를 깎고', 목로에 앉아 막걸리를 마시는 사람들은 모두 '못난' 사람들이며 '한결 같이 친구 같은 얼굴'들입니다.

　그들이 나누는 이야기는 가뭄 이야기, 조합 빚 등 모두 어두운 것들입니다. 가지도 못할 서울을 떠올리고 '섰다라도 벌일까, 주머니를 털어 색시집에라도 갈까'라며 점점 황폐화해 가는 농촌 현실에 대한 자조적 심경을 잘 보여주고 있습니다.

신경림의 시는 쉽습니다. 어느 한 구절 난해하거나 관념적인 곳이 없으며 쉬운 언어, 평이한 표현으로 삶의 진실들을 그려내고 있기에 그의 시가 더욱 빛나는 것이며 살아 있는 시가 될 수 있는 것은 아닐지요.

시를 써서 발표한다는 것은 사회적 행위이며 이러한 시는 본질적으로 작가와 독자가 생각을 공유하고 느낌을 주고받는데 그 존재의의가 있을 것입니다. 쉬운 언어, 쉬운 표현으로 '쉬운 시'를 쓴다고 해서 시의 수준이 낮아지는 것은 결코 아닐것입니다.

'표현'(시의 형식, 내용)이 쉽다고 해서 시의 '수준'(시의 품격)이 낮아지는 것은 결코 아닙니다. 쉬운 표현 속에도 얼마든지 높고, 깊고, 넓은 뜻을 담을 수 있습니다. 그러한 관점에서 볼 때 신경림의 시편들은 우리 현대시의 한 전범典範으로 볼 수 있을 것입니다.

농무農舞

신경림

징이 울린다 막이 내렸다
오동나무에 전등이 매어달린 가설무대
구경꾼이 돌아가고 난 텅 빈 운동장
우리는 분이 얼룩진 얼굴로
학교 앞 소줏집에 몰려 술을 마신다
답답하고 고달프게 사는 것이 원통하다
꽹과리를 앞장세워 장거리로 나서면
따라붙어 악을 쓰는 건 쪼무래기들뿐
처녀애들은 기름집 담벽에 붙어 서서
철없이 킬킬대는구나
보름달은 밝아 어떤 녀석은
꺽정이*처럼 울부짖고 또 어떤 녀석은
서림이*처럼 해해대지만 이까짓
산구석에 처박혀 발버둥친들 무엇하랴
비료값도 안나오는 농사 따위야
아예 여편네에게나 맡겨 두고
쇠전을 거쳐 도수장* 앞에 와 돌 때
우리는 점점 신명이 난다

한 다리를 들고 날라리를 불꺼나

고갯짓을 하고 어깨를 흔들꺼나

*꺽정이, 서림이 : 홍명희의 소설 『임꺽정』에 나오는 인물

*도수장 : 도살장, 짐승을 잡는 곳.

(『창작과 비평』, 1971)

가난하고 소외받는 이웃들의 이야기

「농무」는 1970년대 산업화의 그늘에서 해체되어 가는 농촌을 배경으로 소외 된 농민들의 삶의 현실을 사실적으로 그려내고 있습니다. 그들은 '산 구석에 처박혀 발버둥 친들 무엇하랴'며 자신들의 삶을 자학하며 체념하지만 종래에는 이를 신명으로 극복하려는 의지를 통해 농민들의 건강한 삶과 희망을 보여주고 있습니다.

신경림은 농촌의 풍물이나 자연, 목가적인 전원을 그리는 것이 아니라 삶의 현장으로서의 농촌현실을 핍진하게 그리고 있으며, 그의 시를 관통하고 있는 기본 정서는 소외받고 가난한 우리 이웃들의 이야기입니다. 그러기에 많은 사람들이 그의 소리가 바로 우리들 자신의 삶이자 초상肖像임을 알고 그의 시에 박수갈채를 보내는 것이 아닐지요.

목계장터

신경림

하늘은 날더러 구름이 되라 하고
땅은 날더러 바람이 되라 하네.
청룡 흑룡 흩어져 비 개인 나루
잡초나 일깨우는 잔바람이 되라네.
뱃길이라 서울 사흘 목계 나루에
아흐레 나흘 찾아 박가분* 파는
가을볕도 서러운 방물장수 되라네.
산은 날더러 들꽃이 되라 하고
강은 날더러 잔돌이 되라 하네.
산 서리 맵차거든 풀 속에 얼굴 묻고
물여울 모질거든 바위 뒤에 붙으라네.
민물 새우 끓어 넘는 토방 툇마루
석삼년에 한 이레쯤 천지로 변해
짐 부리고 앉아 쉬는 떠돌이가 되라네.
하늘은 날더러 바람이 되라 하고
산은 날더러 잔돌이 되라 하네.

* 박가분 : 1920년대 우리나라 최초의 화장품. 사장 박승직의 이름을 따서
       '박가분'이라고 하였다.

(시집 『농무』, 1973)

하늘은 날더러 바람이 되라 하고

 '목계'는 충북 충주의 한 지명으로 1910년대 까지 남한강 줄기에서 가장 번창하던 나루였습니다. 충주, 제천, 단양 등지의 산물이 이곳 목계 나루에 모였다가 배에 실려 서울 마포나루로 올라갔으며, 서울에서는 각종 생필품 들을 싣고 와서 각 고장으로 배급되었습니다. 따라서 이곳은 중부지역의 주요한 산업과 교통의 요지였습니다. 그러나 1921년 일제의 식민지 수탈 정책의 일환으로 충북선이 부설되면서 점차 그 기능이 상실하고 몰락의 길을 걷게 됩니다.

 신경림은 그 자신 가난한 민중들과 더불어 살면서 그들의 삶의 애환을 전해주는 이야기 꾼, 즉 이 시의 '방물장수'처럼 살아 온 시인입니다. 시인 자신의 삶을 소박한 언어와 민요적 율격, 이미지를 통해 아름답게 형상화 하고 있습니다.

가난한 사랑노래
-이웃의 한 젊은이를 위하여

신경림

가난하다고 해서 외로움을 모르겠는가
너와 헤어져 돌아오는
눈 쌓인 골목길에 새파랗게 달빛이 쏟아지는데.
가난하다고 해서 두려움이 없겠는가
두 점을 치는 소리
방범대원의 호각소리 메밀묵 사려 소리에
눈을 뜨면 멀리 육중한 기계 굴러가는 소리.
가난하다고 해서 그리움을 버렸겠는가
어머님 보고 싶소 수없이 뇌어보지만
집 뒤 감나무에 까치밥으로 하나 남았을
새빨간 감 바람 소리도 그려보지만.
가난하다고 해서 사랑을 모르겠는가
내 볼에 와 닿던 네 입술의 뜨거움
사랑한다고 사랑한다고 속삭이던 네 숨결
돌아서는 내 등 뒤에 터지던 네 울음.
가난하다고 해서 왜 모르겠는가
가난하기 때문에 이것들을
이 모든 것들을 버려야 한다는 것을.

(시집 『가난한 사랑노래』, 1988)

가난하다고 해서 사랑을 모르겠는가

　가난하지만 아름다운 사랑이 오롯이 만져지는 한 편의 시입니다. 무엇인지 모를 그리움에 젖어 들기도 하고, 가슴 한구석 아릿한 슬픔을 느끼게 하는 이 시는, 이루어 질 수 없는 사랑, 닿을 수 없는 그리움이 담겨져 우리의 마음을 젖어들게 하고 있습니다.

서울의 가난한 산동네에 살면서 일과 생활고, 이루지 못할 사랑에 외로운 한 사내가 있습니다. 가난한 사랑과 헤어져 돌아오는 늦은 밤, 눈 쌓인 골목길에 쏟아지는 달빛은 그 외로움을 더욱 진하게 만들고 있습니다.

　지붕 낮은 골방에 피곤에 절은 몸을 뉘일 때, 그의 마음속에는 현실에 대한 두려움과 소외 된 인간관계에 대한 외로움이 밀려옵니다. 그 두려움과 외로움은 이내 두고 온 고향을 향한 그리움으로 전이 됩니다.

　고향. 그곳에는 사랑의 원형인 어머니가 있고, 지금은 어디에 있는지 모르는 분이와 하얀 감꽃을 주워 소꿉놀이 하던 감나무가 있고, 그 감나무 꼭대기에 몇 알 남겨 있는 까치밥을 스치는 정다운 바람소리가 있는 곳입니다.

아! 그러나 종래에는 이 모든 것을 버려야 한다는 안타까움으로 시는 마무리 되고 있습니다. 외로움과 애틋한 그리움, 사랑까지도 모두 버려야 하는 가난한 현실이 우리의 가슴을 더욱 젖어들게 하고 있습니다.

이 시에서의 '가난'은 한 젊은 노동자만의 가난이 아니라, 이 시대를 살아가는 모든 현대인들의 물질적, 정신적 '가난'을 의미하고 있습니다. 산업화로 인해 소외 받고 있는 민중들에 대한 애정과 비인간적 삶을 요구하는 자본주의 그늘을 아프게 그리고 있습니다.

풍장風葬 · 1

황동규

내 세상 뜨면 풍장風葬시켜 다오
섭섭하지 않게
옷은 입은 채로 전자시계는 가는 채로
손목에 달아 놓고
아주 춥지는 않게
가죽 가방에 넣어 전세 택시에 싣고
군산群山에 가서
검색이 심하면
곰소쯤에 가서
통통배에 옮겨 실어 다오

가방 속에서 다리 오그리고
그러나 편안히 누워 있다가
선유도 지나 무인도 지나 통통 소리 지나
배가 육지에 허리 대는 기척에
잠시 정신을 잃고

가방 벗기우고 옷 벗기우고

무인도의 늦가을 차가운 햇빛 속에

구두와 양말도 벗기우고

손목시계 부서질 때

남몰래 시간을 떨어뜨리고

바람 속에 익은 붉은 열매에서 툭툭 튕기는 씨들을

무연히 안 보이듯 바라보며

살을 말리게 해 다오

어금니에 박혀 녹스는 백금白金 조각도,

바람 속에 빛나게 해 다오

바람 이불처럼 덮고

화장化粧도 해탈解脫도 없이

이불 여미듯 바람을 여미고

마지막으로 몸의 피가 다 마를 때까지

바람과 놀게 해 다오.

(시집 『풍장』, 1984)

무량한 자연과 가벼움으로의 귀의歸依

　풍장風葬이란 사체死體를 매장하지 자연 상태로 방치시켜 비바람에 소멸하게 만드는 장례 풍속의 하나입니다.

　황동규의 연작시『풍장』은 죽음을 전제로 삶에 대한 성찰을 상징적으로 보여주는 시로, 세속의 옷을 벗고 한없이 가벼워지고 싶은 시인의 의지를 담고 있습니다. 「풍장·1」은 그러한 '무량한 자연과 가벼움'에로 가는 서막과 같은 시라고 할 수 있습니다.

　풍장은 가장 원시적이면서도 가장 자연적인 장례의식으로 화자가 자신이 죽으면 '풍장'을 시켜달라고 하는 것은 생의 마지막을 가장 자연적인 장례의식으로 마감하고 싶다는 의지의 표현으로 볼 수 있습니다.

　이 시에서 '죽음'은 삶의 종말이 아니라 '편안함과 가벼움' 으로 가는 새로운 출발을 의미하고 있습니다. 죽음을 자신의 본질로 되돌아가는 자연스런 과정으로 바라보는 데서 삶과 죽음을 하나로 보는 윤회적輪廻的, 낙관적인 시인의 죽음관을 읽을 수 있습니다.

섬

정현종

사람들 사이에 섬이 있다
그 섬에 가고 싶다

(시집 『나는 별 아저씨』, 1978)

우리 모두의 마음의 섬

단 두 행, 열일곱 자의 짧은 이 시는, 인간관계의 회복을 소망하는 현대인들의 의식을 함축하고 있으며, 읽는 이로 하여금 무한한 상상의 바다로 나아가게 하고 있습니다.

'섬'은 사람들 사이에 존재하는 마음의 벽이나 단절, 소외 된 인간관계, 인간성 부재 등으로 날로 소외되고 고독한 현대인들의 모습을 상징하고 있습니다. 소통하지 못하고 단절된 채 서로를 그리워하고 있는 현대인들이야 말로 바다에 둘러싸인 고독한 '섬'의 모습에 다름 아닐 것입니다.

결국 '섬'은 아득히 먼 곳이 아닌 사람들 사이, 곧 우리들 내면에 자리하고 있다는 것을 보여주고 있습니다.

희미한 옛사랑의 그림자

김광규

4·19가 나던 해 세밑
우리는 오후 다섯 시에 만나
반갑게 악수를 나누고
불도 없는 차가운 방에 앉아
하얀 입김 뿜으며
열띤 토론을 벌였다
어리석게도 우리는 무엇인가를
정치와는 전혀 관계없는 무엇인가를
위해서 살리라 믿었던 것이다
결론 없는 모임을 끝낸 밤
혜화동 로터리에서 대포를 마시며
사랑과 아르바이트와 병역 문제 때문에
우리는 때묻지 않은 고민을 했고
아무도 귀 기울이지 않는 노래를
누구도 흉내 낼 수 없는 노래를
저마다 목청껏 불렀다.
돈을 받지 않고 부르는 노래는
겨울밤 하늘로 올라가 별똥별이 되어 떨어졌다

그로부터 18년 오랜만에
우리는 모두 무엇인가가 되어
혁명이 두려운 기성세대가 되어
넥타이를 매고 다시 모였다
회비를 만 원씩 걷고
처자식들의 안부를 나누고
월급이 얼마인가 서로 물었다
치솟는 물가를 걱정하며
즐겁게 세상을 개탄하고
익숙하게 목소리를 낮추어
떠도는 이야기를 주고받았다
모두가 살기 위해 살고 있었다
아무도 이젠 노래를 부르지 않았다
적잖은 술과 비싼 안주를 남긴 채
우리는 달라진 전화번호를 적고 헤어졌다
몇이서는 포커를 하고 갔고
몇이서는 춤을 추러 갔고
몇이서는 허전하게 동숭동 길을 걸었다

돌돌 말은 달력을 소중하게 옆에 끼고

오랜 방황 끝에 되돌아 온 곳

우리의 옛 사랑이 피 흘린 곳에

낯선 건물들 수상하게 들어섰고

플라타너스 가로수들은 여전히 제자리에 서서

아직도 남아 있는 몇 개의 마른 잎 흔들며

우리의 고개를 떨구게 했다

부끄럽지 않은가

부끄럽지 않은가

바람의 속삭임 귓전으로 흘리며

우리는 짐짓 중년기의 건강을 이야기했고

또 한 발짝 깊숙이 늪으로 발을 옮겼다.

(시집 『우리를 적시는 마지막 꿈』, 1979)

어찌 부끄럽지 않을 손가

4·19가 나던 1960년 세밑, '불도 없이 차가운 방에 앉아 하얀 입김 뿜으며 열띤 토론을' 벌이고 '혜화동 로터리에서 대포를 마시며' '아무도 귀 기울이지 않는 노래를' 목청껏 부르던 젊음과 '때 묻지 않은' 순수로 살던 화자는 18년이 지난 어느 날, 넥타이를 매고 옛 추억이 서린 곳에서 동창들을 만나게 됩니다. 그들은 각 분야에서 어느 정도의 부와 지위를 얻은 비교적 성공적인 삶을 영위하는 중년이 되어 있었습니다.

월급이 대화의 전부가 되고 '치솟는 물가를 걱정하며 즐겁게 세상을 개탄'하는 소시민이 되어버린 그들은 '늪' 같은 일상의 안일한 생활에서 벗어나기 위해 순수와 열정으로 들끓었던 젊은 시절을 잠시 떠올려 보기도 하지만, 결국은 '포커'와 '춤'으로 대표되는 향락적 세계를 즐길 뿐입니다.

'익숙하게 목소리를 낮추어 떠도는 이야기를 주고받는' 그들의 모습에서 '그저 살기위해 살고 있는' 소시민의 삶을 엿볼 수 있으며, '부끄럽지 않은가 부끄럽지 않은가'라며 꾸짖는 것 같은 바람소리를 들으면서도 '또 한 발작 깊숙이' 현실의 늪으로 빠져드는 화자를 통해 젊음과 열정, 순수와 이상을 버리고 현실에 안주한 채 무기력하게 살아가

는, 어쩌면 우리 모두의 보편적 초상肖像 일수 있는 중년의 소시민적
의식과 삶을 담담하게 보여주고 있습니다.

그 소, 애린 · 32

김지하

대낮에
마당 복판에 갑자기
참새 한 마리 뚝 떨어져
머리 피투성이로 파닥이다 파닥이다
금세 죽어 숨진다
아내가 부삽으로 흙에 파묻고
장터 가려는 내 길 막고 서서
몸 부르르 떤다.

(시집『애린 2』, 1986)

폭력적인 권력에 대한 진저리

김지하는 1970년대 우리사회의 살아있는 신화요, 전설이었으며 하나의 '문화'였습니다. 독재 권력은 그의 시집을 국가 안위를 위협하는 불온서적으로 규정, 판매금지 시켰지만 젊은이들은 그의 시를 읽는 것을 큰 자랑으로 여겼으며, 그의 시는 몰래 복사되어 지하에서 지하로 퍼졌습니다. 「타는 목마름으로」는 술자리에서 주술을 외듯 낭송되었고, 노래로 만들어져 독재타도를 외치는 시위 현장의 투쟁가로 불려졌습니다.

어느 날, 어떤 이유에서인지 대낮에 참새 한 마리가 피투성이로 된 재 떨어져 파닥이다가 죽고 맙니다. 그것을 시인의 아내는 부삽으로 흙에 파묻고 외출하려는 시인의 '길을 막고 서서 몸을 부르르' 떱니다.

불길하니 나가지 말라는 뜻이겠지요. 오랜 감옥생활에서 겨우 풀려나와 바깥나들이를 하려는 시인에게 행여 무슨 일이 생길까 불안한 마음이 깊습니다. 머리가 피투성이로 떨어진 '참새 한 마리'는 작은 생명을 대수롭게 여기고 총질하고 돌팔매질 하는 체제의 폭력이 이며, 그 돌팔매에 죽어가는 무수한 생명들이 있던 반역의 70년대를 짧은 행간 속에 '몸 부르르 떨게'담아내고 있습니다.

바다의 눈

김명수

바다는 육지의 먼 산을 보지 않네
바다는 산 위의 흰 구름을 보지 않네
바다는 바다는, 바닷가 마을
10여 호 남짓한 포구마을에
어린아이 등에 업은 젊은 아낙이
가을 햇살 아래 그물 기우고
그 마을 언덕바지 새 무덤하나
들국화 피어있는
그 무덤을 보네.

(시집 『바다의 눈』, 1995)

생략과 압축의 아름다움

　김명수는 단정하고 맑은 서정으로 인간과 자연의 본질적 문제를 그리는 직관과 사색의 시인입니다.

　마치 한 폭의 그림 같은 바닷가 포구마을. 그 바다는'육지의 먼 산'이나 '산 위의 흰 구름'과 같은 목가적인 풍경을 바라보지 않습니다. 가을 햇살 일렁이는 포구에서 어린아이 등에 업고 그물 기우는 젊은 아낙과 그 마을 언덕바지에 새로 생긴 '들국화 피어있는 그 무덤을' 보고 있습니다.

　그 무덤의 의미는 일까요. 만선의 꿈을 안고 고기잡이 나간 남편을 대신하여 어린아이를 등에 업고 품팔이하는 여인의 슬픈 사연을 진술하지 않고 언덕바지의 '새 무덤'을 통해 보여 주고 있습니다.

　시의 특성 가운데 하나는 '생략과 압축'일 것입니다. 이 시는 그런 특성을 잘 보여 주고 있습니다. '어린아이 등에 업고 그물 기우는 젊은 아낙'과 '언덕바지 새 무덤'의 이미지를 제시만 할 뿐, 일체의 설명을 생략함으로써 독자에게 많은 상상을 하게 하는 동기를 부여하고 있습니다. 적은 말을 가지고 많은 것을 이야기 할 수 있는 것, 이것이 시의 매력이며 시 읽기의 즐거움이 아닐까요.

저문 강에 삽을 씻고

정희성

흐르는 것이 물 뿐이랴
우리가 저와 같아서
강변에 내가 삽을 씻으며
거기다 슬픔도 퍼다 버린다.
일이 끝나 저물어
스스로 깊어가는 강을 보며
쭈그려 앉아 담배나 피우고
나는 돌아갈 뿐이다.
삽자루에 맡긴 한 생애가
이렇게 저물고, 저물어서
샛강바닥 썩은 물에
달이 뜨는구나.
우리가 저와 같아서
흐르는 물에 삽을 씻고
먹을 것 없는 사람들의 마을로
다시 어두워 돌아가야 한다

(시집 『저문 강에 삽을 씻고』, 1978)

민중시의 한 진경珍景을 만나다

　시와 삶이 가장 일치하는 시인을 꼽으라면 맨 앞에 정희성 시인이 있을 것입니다. 그의 시를 보면 시가 곧 그 사람입니다. 그는 그의 시처럼 단아하고 목소리는 낮고 조용합니다. 그러한 가운데 겨울햇살 같은 따뜻한 결기가 안으로 감추어져 있는 시인입니다.

　한 중년 농민인 화자는 고단한 하루의 일과를 접고 저물어 가는 강변에 쭈그려 앉아 '흐르는 것이 물 뿐'아니라 우리 인생도 저와 같이 덧없고 부질없음을 깨닫게 됩니다. 그러나 '샛강바닥 썩은 물에'떠오르는 달을 보면서 지금까지의 절망적이고 회의적인 태도를 버리고 '먹을 것 없는 사람들의 마을로'다시 돌아가야 하는 결의를 새롭게 다집니다.

　앞뒤 보이지 않는 농촌과 농민의 지난한 삶을 통해 인생의 궁극적 가치를 찾는 민중시의 한 진경을 보여주고 있습니다.

한 그리움이 다른 그리움에게

정희성

어느 날 당신과 내가
날과 씨로 만나서
하나의 꿈을 엮을 수만 있다면
우리들의 꿈이 만나
한 폭의 비단이 된다면
나는 기다리리, 추운 길목에서
오랜 침묵과 외로움 끝에
한 슬픔이 다른 슬픔에게 손을 주고
한 그리움이 다른 그리움의
그윽한 눈을 들여다 볼 때,
어느 겨울인들
우리들의 사랑을 춥게 하리
외롭고 긴 기다림 끝에
어느 날 당신과 내가 만나
하나의 꿈을 엮을 수만 있다면

(시집 『한 그리움이 다른 그리움에게』, 1991)

서정과 서사의 행복한 만남

정희성은 명징한 시어와 선비 같은 단아한 시적 구조, 아름다운 우리 가락과 말을 통해 서정과 서사성 모두를 획득하고 있는, 우리 시대 빛나는 시인의 한 사람으로 평가 받고 있습니다.

사랑하는 사람에 대한 절실한 그리움과 만남에 대한 소망을 '날'과 '씨'로 교직交織하여 그리고 있습니다. 이 시에서의 '당신'은 사랑하는 연인 사이일 수도 있으나 아름답고 풍요로운 삶을 실현 시켜 줄 '염원의 대상'으로 볼 수도 있을 것입니다.

이 시가 수록 된 시집 『한 그리움이 다른 그리움에게』는 7~80년대 반민중적 지배구조에 대한 적의와 투쟁의 현장에서 격양되었던 시인의 목소리가 한결 차분해지고 개인사적인 삶의 모습과 소리에 시선을 주고 있습니다. 이러한 서정성의 회복은 「한 그리움이 다른 그리움에게」을 비롯한 여러 시편에서 원숙한 시적 경지에 이르고 있음을 보여주고 있습니다.

동두천東豆川 · I

김명인

기차가 멎고 눈이 내렸다 그래 어둠 속에서
번쩍이는 신호등
불이 켜지자 기차는 서둘러 다시 떠나고
내 급한 생각으로는 대체로 우리들도 어디론가
가고 있는 중이리라 혹은 떨어져 남게 되더라도
저렇게 내리면서 녹는 춘삼월 눈에 파묻혀 흐려지면서

우리가 내리는 눈일 동안만 온갖 깨끗한 생각 끝에
역두驛頭의 저탄 더미에 떨어져
몸을 버리게 되더라도
배고픈 고향의 잊힌 이름들로 새삼스럽게
서럽지는 않으리라 그만그만했던 아이들도
미군을 따라 바다를 건너서는
더는 소식조차 모르는 이 바닥에서

더러운 그리움이여 무엇이
우리가 녹은 눈물이 된 뒤에도 등을 밀어
캄캄한 어둠 속으로 흘러가게 하느냐

바라보면 저다지 웅크린 집들조차 여기서는

공중에 뜬 신기루 같은 것을

발 밑에서는 메마른 풀들이 서걱여 모래 소리를 낸다

그리고 덜미에 부딪혀 와 끼얹는 바람

첩첩 수렁 너머의 세상은 알 수도 없지만

아무것도 더 이상 알 필요도 없으리라

안으로 굽혀지는 마음 병든 몸뚱이들도 닳아

맨살로 끌려가는 진창길 이제 벗어날 수 없어도

나는 나 혼자만의 외로운 시간을 지나

떠나야 되돌아올 새벽을 죄다 건너가면서

(시집 『동두천』, 1979)

동두천東豆川 · IV

김명인

내가 국어를 가르쳤던 그 아이 혼혈아인
엄마를 닮아 얼굴만 희었던
그 아이는 지금 대전 어디서
다방 레지를 하고 있는지 몰라 연애를 하고
퇴학을 맞아 고아원을 뛰쳐나가더니
지금도 기억할까 그 때 교내 웅변대회에서
우리 모두를 함께 울게 하던 그 한 마디 말
하늘 아래 나를 버린 엄마보다는
나는 돈 많은 나라 아메리카로 가야 된대요

일곱 살 때 원장의 성姓을 받아 비로소 이李가든가 김金가든가
박朴가면 또 어떻고 브라운이면 또 어떻고 그 말이
아직도 늦은 밤 내 귀가 길을 때린다
기교도 없이 새소리도 없이 가라고
내 시를 때린다 우리 모두 태어나 욕된 세상을

이 강변强邊의 세상 헛된 강변만이

오로지 진실이고 너의 진실은

우리들이 매길 수도 없는 어느 채점표 밖에서

얼마만큼의 거짓으로나 매겨지는지

몸을 던져 세상 끝끝까지 웅크리고 가며

외롭기야 우리 모두 마찬가지고

그래서 더욱 괴로운 너의 모습 너의 말

그래 너는 아메리카로 갔어야 했다

국어로는 아름다운 나라 미국 네 모습이 주눅들릴 없는 합중국이고

우리들은 제 상처에도 아플 줄 모르는 단일 민족

이 피가름 억센 딘군의 한 빗술 바보같이

가시같이 어째서 너는 남아 우리들의 상처를

함부로 쑤시느냐 몸을 팔면서

침을 뱉느냐 더러운 그리움으로

배고픔 많다던 동두천 그런 둘레나 아직도 맴도느냐

혼혈아야 내가 국어를 가르쳤던 아이야

(시집 『동두천』, 1979)

더러운 그리움

동두천. '아메리칸 드림'으로 불리던 그 곳은 우리 민족에게 감출 수 없는 상처와도 같은 곳으로 한국 현대사의 질곡과 분단, 그리고 전쟁의 상흔을 고스란히 기억하고 있는 곳입니다. 한국전과 분단의 상징인 미군을 상대로 몸을 팔아 살아가는 여자들이 있으며, 그들 사이에서 슬픔을 천형처럼 안고 태어 난 '혼혈아'를 통해 약소국의 비애와 아픔을 형상화 하고 있습니다.

위 두 편의 연작시는 김명인 시인이 교직생활을 하던 동두천의 기지촌 주변 여성들과 혼혈아의 설움을 아프게 그리고 있습니다. 시의 화자는 떠남과 만남을 상징하는 동두천역에서 저탄더미에 떨어져 내리는 눈을 바라봅니다. '내리는 눈일 동안만' 깨끗할 뿐, 떨어 져 녹는 순간 석탄과 구분되지 않는 진창의 검은 물이 되는 눈을 보며 그는 결국 제 아버지들을 따라 태평양을 건너게 될 혼혈아들의 운명도 그와 같음을 깨닫게 하고 있습니다.

이 시의 마지막 연에서 '더러운 그리움'을 주목해 볼 필요가 있습니다. 여기에서 '더러운'것은 아메리카로 가지 못하고 바보같이 남아서 '몸을 팔면서 우리들의 상처를 함부로 쑤시는' 혼혈아들에 대한 비유이며, 그러함에도 불구하고 또한 그들이 '그리움'인 이유는 그들이야말로 현대사가 낳은 아픔이며, 바로 우리 자신이자 우리사회, 역사가 함께 껴안아야 할 책임이 있기 때문입니다.

그들을 '첩첩 수렁 너머의 세상'으로 떠나보내야 하는 이 땅이야말로 절망적인 '진창길'임을 알고 있는 시인은 마침내 그들과 하나가 되어 '캄캄한 어둠속에서'어디론가 흘러가게 되는 막막한 존재의 설움을 노래하고 있습니다. 진창길과 '캄캄한 어둠'이야말로 우리 모두가, 우리 시가 끝내 끌어안고 가야 할 영원한 화두가 아닐지요.

그리운 날들

한성산

저녁연기 볼 수 있다는 것이
얼마나 행복하냐
달빛 풀어 논 냇물에
손발을 씻고
흩어졌던 식솔들 모여서
다함께 숟가락 들 수 있다는 것이...
고단한 하루를
한 술 한 술 떠
저마다 뜨거운 가슴에 퍼 담으며
사랑으로 지샌 날들
생각해 보면
아득하여라
내
그리운 날들

넉넉함과 따뜻한 시선, 우리 시대의 서정시인

　한성산은 인제 출신입니다. 몇 년 전, 20여 년간 봉직했던 우체국의 집배원 생활을 정리하고 내설악 조리미골에서 몇 떼기 채마밭을 일구며 틈틈히 글도 쓰고 있는 농부시인입니다.

　어느 시인은 그를 두고 "인제가 낳은 우리시대 최고의 서정시인"이라고 격찬한 적이 있습니다. 그러나 기실 그 말은 결코 '격찬'이 아니며 더하고 뺄 것 없는 한성산 시인에 대한 올바른 평가입니다. 단촐하고 짧은 행간 속에 담긴 아름다운 시편은 그의 진정하고도 아름다운 삶, 그 자체에 다름아닙니다.

　고단한 하루의 일과를 접고 '달빛 풀어 논 냇물에 손발을 씻고' 저녁 연기 피어오르는 마을로 향하는 시인의 눈은 온통 그리움으로 일렁이고 있습니다. 그 집집마다 에는 '흩어졌던 식솔들 모여' '고단한 하루를 한 술 한 술 떠' 서로의 가슴에 넣어 주는 지순한 사람들이 살고 있습니다.

　세상을, 사물을, 넉넉하고 따뜻하게 포용하는 시인. 그러기에 그의 시선이 닿는 어느 곳이나 선홍빛 아름다움을 피워 내고 있는 것이 아닐지요. 그에게 사랑한다는 엽신을 띄우며, 언제 자투리 시간 만들어

노란 냉이꽃 자잘한 저기 어디쯤 밭두둑에 쭈그려 앉아 막걸리 잔 돌릴 수 있기를 기대해 봅니다.

사십대

고정희

사십대 문턱에 들어서면
바라볼 시간이 많지 않다는 것을 안다
기다릴 인연이 많지 않다는 것을 안다.
아니, 와 있는 인연들을 조심스레 접어두고
보속의 거울을 닦아야 한다
씨 뿌리는 이십대도
가꾸는 삼십대도 아주 빠르게 흘러
거두는 사십대 이랑에 들어서면
가야 할 길이 멀지 않다는 것을 안다
방황하던 시절이나
지루하던 고비도 눈물겹게 끌어안고
인생의 지도를 마감해야 한다
쭉정이든 알곡이든
지 몸에서 스스로 추수하는 사십대,
땅바닥에 침을 퉤, 뱉아도
그것이 외로움이라는 것을 안다
다시는 매달리지 않는 날이 와도
그것이 슬픔이라는 것을 안다

(시집『모든 사라지는 것들은 뒤에 여백을 남긴다』, 1992)

40대, 보 속의 거울을 닦는 일

고정희는 저 반역의 80년대를 온몸으로 살다 간 양심적인 시인이었습니다. 특히 여성운동의 선구자로 여성운동사의 한 획을 그은 무크지 『또 하나의 문화』 창간 동인으로 억압받고 소외받는 여성들의 해방된 삶을 위해서 짧은 삶을 치열하게 살다 간 시인입니다.

씨 부리는 20대, 그 빛나던 청춘도 어느 날 문득 추억의 아득한 저편으로 사라졌고, 가꾸는 삼십대도 아주 빠르게 지나서 '쭉정이든 알곡이든 지 몸에서 스스로 추수' 할 나이 40대. 슬퍼할 겨를도 미워 할 감정도 말라가는 마른 먼지 풀풀 날리는 40대. 그렇다고 해서 마냥 손 놓고 먼 산 바라기만 할 수는 없지요.

씨 뿌리는 20대도 가꾸는 30대도 할 수 없었던 거두는 40대 이랑에서 해야 할 일, 그것은 바로 시인의 말처럼 '방황하던 시절이나 지루하던 고비도 눈물겹게 그러안고' '이제금 와 있는 인연들을 조심스레 접어두고 보 속의 거울을 닦는 일', 더도 덜도 말고 지금까지 뿌리고 가꾼 고만큼만 수확하는 일, 그리고는 미련도 애증도 남김없이 훌쩍 길 떠 날수 있는 일, 그 자체만으로도 충분히 아름다운 일이지요.

아, 그러기에 저기 산등성이로 넘어 가는 저녁노을의 아름다움을 더욱 절절히 느낄 수 있는 나이, 바로 40대가 아닐까요?

제3장
따뜻한 밥 한 상 같은 시편

섬진강 · 1

김용택

가문 섬진강을 따라가며 보라
퍼가도 퍼가도 전라도 실핏줄 같은
개울물들이 끊기지 않고 모여 흐르며
해 저물면 저무는 강변에
쌀밥 같은 토끼풀꽃,
숯불 같은 자운영꽃 머리에 이어주며
지도에도 없는 동네 강변
식물도감에도 없는 풀에
어둠을 끌어다 죽이며
그을린 이마 훤하게
꽃등도 달아 준다
흐르다 흐르다 목 메이면
영산강으로 가는 물줄기를 불러
뼈 으스러지게 그리워 얼싸안고
지리산 뭉툭한 허리를 감고 돌아가는
섬진강을 따라가며 보라
섬진강 물이 어디 몇 놈이 달려들어
퍼낸다고 마를 강물이더냐고,

지리산이 저문 강물에 얼굴을 씻고

일어서서 껄껄 웃으며

무등산을 보며 그렇지 않느냐고 물어보면

노을 띤 무등산이 그렇다고 훤한 이마 끄덕이는

고갯짓을 바라보며

저무는 섬진강을 따라가며 보라

어디 몇몇 애비 없는 후레자식들이

퍼 간다고 마를 강물인가를.

(『창비 21인 신작 시집』, 1982)

모두의 마음속에 흐르는 강

　이 시는 '섬진강 시인' 김용택의 등단작이자 시집 『섬진강』의 표제
시 입니다. 김용택 시의 가장 큰 미덕은 섬진강 같이 맑고 따듯한 서
정성抒情性이라고 할 수 있습니다. 이 서정은 섬진강 강변 마을 사람들
의 삶과 이야기를 보듬어 안고 흐르고 있습니다. '내 문학은 그 강가
거기에서 태어났고, 거기서 자랐고, 그 강에 있을 것이다. 섬진강은
나의 전부이다.'라고 말하고 있습니다.

　이 시에 나타난 '섬진강'은 단순히 '전라북도 진안군에서 시작하여
전라남도를 거쳐 경상남도 하동을 지나 남해로 흘러 들어가는 강' 이
라는 지리적 설명만을 가지고 이해하는 것은 불가능 합니다. '강은 역
사의 강이었고 강물의 외침은 역사의 외침이었다. 강은 내 시의 젖줄
이었고, 가난한 마을 사람들의 얼굴이었고, 핏줄기였다.'라고 한 그의
말은 그의 시에 접근하는 하나의 키워드라고 할 수 있습니다.

　'가문 섬진강을 따라' 가다 보면, 이 골 저 골에서 흘러드는 개울물
들이 '흘러 모여' 강을 이룹니다. 그 강변에는 지도책에도 나오지 않
는 마을들이 자리 잡고 있습니다. 개울물이 모여 강물을 이루고, 그
강물은 유장하게 바다로 흘러가듯이, 퍼 가도 퍼 가도 마르지 않는 개
울물처럼 힘없는 민중들이 모여 큰 강을 이루고 종래에 너른 바다에

이른다는 희망을 노래하고 있습니다.

그리하여 역사를 움직여 왔다고 믿는 '몇몇 애비 없는 후레자식들' 즉 어리석은 위정자와 정치인들이 섬진강 사람들의 삶을 위협한다고 해도 그들은 결코 위축되거나 굴복되지 않을 것임을 강조하고 있습니다. 유장하게 흐르는 섬진강을 통해 우리 농촌의 현실과 농민들의 아픔, 그리고 아름다운 서정과 희망을 보여주고 있습니다.

섬진강 · 15

-겨울, 사랑의 편지

김용택

산 사이
작은 들과 작은 강과 마을이
겨울 달빛 속에 그만그만하게
가만히 있는 곳
사람들이 그렇게 거기 오래오래
논과 밭과 함께
가난하게 삽니다.
겨울 논길을 지나며
맑은 피로 가만히 숨 멈추고 얼어 있는
시린 보릿잎에 얼굴을 대 보면
따뜻한 피만이 얼 수 있고
따뜻한 가슴만이 진정 녹을 수 있음을
이 겨울에 믿습니다.
달빛 산빛을 머금으며
서리 낀 풀잎들을 스치며
강물에 이르면
잔물결 그대로 반짝이며

가만가만 어느
살땅김의 잔잔한 끌림과 이 아픔
땅을 향한 겨울 풀들의
몸 다 뉘인 이 그리움
당신,
아, 맑은 피로 어느
겨울 달빛 속의 물풀
그 풀빛 같은 당신
당신을 사랑합니다.

(시집 『섬진강』, 1985)

제1부 항일 민족시인을 다시 읽다 – 191

살땅김의 잔잔한 끌림, 그리움의 시편

　김용택 시의 미덕은 작고 하찮은 것들, 잊혀가는 것들, 자잘한 삶의 결들을 소박하고 진솔한 언어로 그려내는데 있습니다. 또한 그의 시는 농촌과 농민 삶에 대한 따뜻한 이야기와 아름다운 서정을 넘어서 농촌의 실정을 왜곡하는 위정자나 정책당국에 대한 날카로운 비판의 시선을 잃지 않고 있는데 있습니다.

　'산 사이 작은 들과 작은 강과 마을'이 있습니다. 겨울 논길을 지나 강물에 이르는 길을 걷는 화자는, 시린 보릿잎에 얼굴을 대 보며 '따뜻한 피만이 얼 수 있고', '따뜻한 가슴만이 진정 녹을 수 있음'을 깨닫고 있습니다. 서리 낀 풀잎들을 스치며 이른 강물에서 화자는 풀빛 같은 '당신'에 대한 사랑을 생각합니다. 이 시에서의 '당신'은 잘난 것도 못난 것도 없이 '그만그만하게' 살아가는 섬진강 사람들 일수도 있고, 사랑하는 연인으로 보아도 좋을 듯싶습니다.

　'살땅김의 잔잔한 끌림과 이 아픔
　땅을 향한 겨울 풀들의
　몸 다 뉘인 이 그리움
　당신'

　아, 절창입니다.

섬진강 · 22
-누님의 손끝

김용택

누님.
누님 같은 가을입니다.
아침마다 안개가 떠나며
강물이 드러나고
어느 먼 곳에서 돌아온 듯
풀꽃들이 내 앞에 내 뒤에
깜짝깜짝 반가움으로 피어납니다.
누님 같은 가을 강가에 서서
강 깊이 하늘거려 비치는
풀꽃들을 산산히 늘여다보며
누님을 떠올립니다.

물동이를 옆에 끼고
강으로 가는 길을 따라
강물에 이르르면
누님은 동이 가득 남실남실 물을 길어
바가지를 물동이에 엎어 띄워놓고

언제나 그 징검다리 하나를 차지하고

머리를, 그 치렁치렁한 머리채를 흘러가는 강물에 풀었었지요.

누님이 동이 가득 강물을 긷고

머리를 감는 동안

나는 물장난을 치며

징검다리를 두어 간씩 힘껏힘껏 뛰어다니거나

피라미들을 손으로 떠서

손사래로 살려주고

다시 떠서 살려주며 놀다가

문득 누님을 쳐다보면

노을은 강을 따라 앞산을 오르고

누님은 머리를 다 감고

고개를 뒤로 젖혀 머리채를 흔들어 강바람에 말렸지요.

저 앞의 우뚝 큰 산의 솟구치는 산굽이 돌아오는

맑고 고운 강물 속에

누님의 모습은

불길처럼 타는 노을과 함께

활활거렸습니다.

그런 누님의 모습을 올려다보며

내 가슴은 쿵쿵 뛰었었습니다.

강바람에 하늘거리던 누님의 검정치마와 꽃자주고름,

그 고운 머릿결이

차곡차곡 내 가슴 어딘가에 서늘히 쌓이곤 했습니다.

누님,

누님은 붉은 댕기를 입에 물고

머리를 따 내리면서

나를 보며 가을 햇빛같이 쓸쓸히

때론 환하게 웃어주곤 했습니다.

누님은 머리를 다 따 내려묶고

또아리를 곱게 빗은 머리위에 가만히 얹고 앉아

또아리 끈을 입에 물고

눈 내리깔아

물동이를 이고 일어섰습니다.

물동이를 이고 싱검다리를 건너뛸 때마다

남실거리던 물이 넘쳐 흘러내리면

누님은 이마를 흘러내리다 눈썹에 걸린 물을 훔쳐 뿌리곤 했습니다.

누님의 그 눈 내리깐 고운 청춘의 눈가에서 떨어지는

물방울을 뿌리는 손길을 따라가다 보면

누님의 손끝에선

풀꽃들이 피어나고

풀꽃들이 떨어졌습니다.

때론 작은골 큰골 붉은 단풍이 물들고
앞산 위에 반짝이는 샛별이 되고
초가지붕 위에
하얀 박꽃이 피어났습니다.
강 길이 다 끝날 때까지
누님은 그렇게 우리 마을 곳곳을 곱게도 물들이며
걸었습니다.

전쟁이 끝난 어느 가을날이었습니다.
그날따라 누님은
일찍 물을 길어놓고
노을보다 먼저 징검다리를 건너
강변에 가 앉았습니다.
누님은 풀꽃들이 만발한 강변에 앉아
강물을 바라보며
무심히 풀잎들을 뜯어
잘근잘근 깨물었습니다.
강바람에 쓰러지고 일어나는 풀잎들,
풀꽃들이 하늘거리는
그 깊디깊은 눈으로
저 강굽이 끝을 보며
"그이는 꼭 살아 있을 거여

그이는 꼭 올 거여" 하셨지요

누님,

누님이 그때 그 말을 중얼거리며

풀을 뜯어 흩뿌리며

벌떡 일어나 화난 사람처럼 강을 건넜었는지

나는 몰랐었습니다.

다만,

그해 가을이 이 가을처럼 가고

겨울이 겨울처럼 온

어느 눈 내리던 밤

나는 잠결에 아버님의 진노하신

목소리에 잠이 깨었고

"그놈은 오지 않는다. 인자 그놈은

잊어부러......그놈은 그놈은......" 하시던 고함소리와

누님의 가느다란 흐느낌 소리를 따라 내리는

눈 쌓이는 소리를 나는 숨죽여 들었습니다.

누님,

누님은 그날 밤 내 뒤척이고

눈은

들먹이는 산의 어깨를 따라 쌓이고

강에 내렸습니다.

누님,

누님이 보여주었던

그 바람 타는 강변 풀잎들이

지금도 저렇게,

어쩌자는 것인지 바람 속에 흔들거립니다.

풀꽃들이 넘어졌다가 일어나며

"그이, 그이는 꼭 올 거여

꼭 올 거여" 하는 것 같습니다 누님.

누님은 이렇게 가는

어느 늦가을 살얼음을 깨고

시린 물소리를 따라갔습니다.

누님이 한번 들려주셨던

그 그이, 그이를 지금 나도 생각합니다.

내 얼마나 사랑하는지요.

해 지면 풀꽃들이 한없이 몰려와

저문 강에 몸을 씻고

더욱 황홀하게 드러났다

서늘히 식던 그 자태들을,

한 꽃이 지며 다른 한 꽃에

꽃을 넘겨주고 가던

그 다정한 계절의 손짓들을,

아무도 오지 않는

내 청춘의 저문 물가에
우두커니 서서
저물어오는 강물에
내 얼마나 오래오래
내 외로움을 적셔
늦꽃을 피웠었는지요.

누님,
나는 누님의 강물과
내 어린 강물이 보고 싶을 때면
물소리를 따라 강물로 가곤 합니다.
물소리를 따라 가장 낮게 가라앉아 흐를 때까지 따라가면
이 세상이 이 세상으로 소중하게
다가와 내 몸에 감겨옵니다.
사랑이 크면 외로움이 깊나는
그런 말들을 믿을 때쯤
나는 물소리를 따라가며
물소리 끝에 뼈가 시렸으나
그런 말들을 계절처럼 수정해가면서
사랑이 크면 클수록
세상의 참모습이 바로 보이고
해야 할 일만 보임을 알게 되기까지

나는 누님이 머리 감고 일어서면
언제나 싱싱하게 물기에 젖어 있던
징검다리를 찾아가
어느 것 하나 버릴 수 없는 이 세상의 물소리 속에서
피비린 전쟁과 두 동강난 조국의 아픔을
그리고 용기와 사랑을 보았습니다.
그리고 삶과 죽음
이별과 만남,
내 삶의 깊이와 폭을.

누님,
누님이 바라보며
그이를 기다렸던
저 슬픔과 괴로움과 그리움과 사랑의 여울지는 강물을
나도 바랍봅니다.
아늑하고 평안한
바라봄의 저 강물을.

누님,
누님이 나를 데리고 강 건너로 가
바람에 쓰러지고 일어나는
바람 타는 풀잎들을 보여주었던

그 아름다운 날의 중얼거림,
그이 그이는 꼭 온다는
그 믿음이 세월을 따라 곧 내 믿음이 됩니다.
고개 들어
우뚝 일어서는 저 어두워져오는
산속을 보면
어둠속에 하얗던
누님의 손,
그 손끝이 어둠을 뿌리며
어둠을 부르며 하늘거립니다.
그 손끝 따라
오늘도 강에 꽃들이 피어납니다.

누님,
그이는
이쪽도 저쪽도 아닌
저기 저 물같이
들를 곳 다 들러
우리 땅을 골고루 적셔 채워주며
이 가을과 저 멀고 긴 어둠의 겨울을 뚫고
봄을 여는 물굽이로
저 산굽이를 돌아

눈부시게 올 것입니다.
그 힘찬 희망의 날에
우리 그리운 누님의 고운 강변에
풀꽃들이 만발하고
역사의 꽃수레를 끌고 가는 씩씩한
사내들을 맨발로 따라가는
내 누이들의 숨김없는 싱그러운 웃음소리들이
산에 산산이 울려
강에 강강에 울려
누님의 손길을 따라
저 깊고 어두운 산과 강이
훤하게, 훤하게
꽃같이 훤하게
열릴 것입니다.
그러면 누님
이 서러운 강물을 쓸어안으며
저 하늘 보며
곱게곱게 쓰러지십시오 누님.

(시집 『섬진강』, 1985.)

김용택 시에 답함
　-내 누님의 초상肖像

-1970년 겨울. 이천버스 대합실, 국화빵

바람 많이 불고
눈 내린다.
소담한 함박눈이 아닌
비 섞인 진눈깨비...

읍내 버스터미널 대합실
기름 때 낀 유리창 밖으로
질척이며 흩날리는 바람과 눈비,
질창인 내 마음에 다름 아니다.

이천북중,
합격자 명단에 분명 내 이름 석 자가 있었다.
그것도 상위 10% 명단에 당당히 섞여 있었지만
나는 안다.
결코 그 학교에 입학 할 수 없으리라는 것을,
그 학교 교복을 입을 수 없으리라는 것을.

집으로 가는 5시 10분 막 버스를 타려면
아직 1시간은 더 기다려야 한다.
터미널 앞 호떡집의 풀빵 냄새가 코를 찌른다.
너무 먹고 싶다. 저 국화빵...

달랑 남은 차비로 국화빵을 산다.
걸어가자. 이제 이 읍내와는 영원히 결별이다.
마지막 결별을 따끈한 국화빵의 온기로 기억해 두자.

애광원 고개.
그대들, 이 고개를 아시는가?
잎진 플라타너스 두 줄로서 있는
마른 먼지 풀풀 날리던 이 길을 기억하시는지,
한 개 남은 따끈한 국화빵을 입에 넣고
수여선 철길을 걷는다.

바람 차고 성긴 눈발 더욱 굵어진다.
집까지 가려면 족히 두 시간은 저 눈발 속을 헤쳐야 한다.
춥다. 눈물이 뜨거워지는 건

저 차가운 눈발 때문만은 아닐 것이다.

-그 해 겨울

많이 추웠고, 바람 많이 불었다.
그 겨울 내
나는 메주 뜨는 냄새,
고구마 짓무르는 냄새 물큰한
골방에서 보냈다.
흐린 석유 등잔불 아래서
때 절은 카시미론 이불을 덮어쓰고
마을회관에서 훔쳐 온 새농민을 읽으며
밤을 밝혔다.
밤은 길었고, 뒤울안 장독대 옆
대추나무를 흔들고 시나는
바람 소리에 몸서리를 쳤다.

낮이면 가끔씩
국민학교 동창들이 찾아왔다.
그 애들은 오늘 읍내 다녀온 얘기를 했다.
교복과 모자, 가방을 샀다고...
다음 장에는 3000리호 자전거를

사러 간다고 했다.

왠지 그런 친구들이 생소하게 느껴졌다.

멀어져야 한다는, 그럴 거라는 어떤 예감.

나 이제 무슨 일을 할까.

마을 농협 이발소에서 머리 감아주는 일을 할까,

아니면 학교 급사?

읍내 터미널에서 보았던 구두닦기?

내가 생각할 수 있는 모든 걸 떠올려 봤지만

정말 대책 없고 막막하기만 했다.

내일 모레면 읍내 중학교 등록이 끝난다.

교회 십자가가 보이는 뒷산에 올랐다.

합격통지서와 입학등록금 고지서에 불을 붙였다.

난생 처음으로 술 생각이 났다.

술이 마시고 싶었다.

바람은 찼지만 마음은 편했다.

골방에서 잠을 잤다.

문풍지를 흔드는 바람 소리 뿐,

죽음보다 깊은 잠...

-적막, 눈, 바람소리, 그리고

그 겨울 내 눈이 내렸다.
하염없이 내리는 눈.
책을 읽고 싶었지만
내가 읽을 수 있는 책은 없었다.

친구들을 멀리하는 대신
읍내 중학교에 다니는 재집이 형과 가까워졌다.
형 집에는 책이 많았다.
박계형의 소설『영과 육의 갈림길에서』,『머무르고 싶었던 순간들』,
심훈의『상록수』, 이광수의『무정』,『카라마조프가의 형제들』등을
비롯하여 많은 양장본의 전집을 가지고 있는 그 형이 부러웠다.

군불 땔 나무 등걸, 고지박을 주우러 다녔고
여물을 썰고 쇠죽 끓이는 아궁이에 고구마를 넣어
허기진 배를 채웠다.
그 시간이면 어김없이 유선 라디오에서 '삽다리 총각'이
흘러나왔고, 형은 어설픈 기타 솜씨로 '여고졸업반'이나
'약속' 등을 쳐주었다.

집으로 올 때마다 책 한 권씩을 빌려왔다.

'술 익는 마을 마다 타는 저녁 놀'
집집마다 굴뚝에서 나는 저녁밥 짓는 연기,
그 구수한 밥 냄새를 나는 아직도 잊지 못한다.
달리 할 일이라곤 없었으므로
왼 종일, 왼 밤을 밝혀 책을 읽었다.
이따금 알지 못할 번열이 일면
뒤울 장독대 옆에서 장작을 팼다.

-눈물의 졸업식장

빛나는 졸업장을 타는 졸업식장은
눈물 바다였다.
왜 그렇게 눈물을 흘려야 했을까.
80여명 가까운 친구들 중 상당 수,
아마도 거의 절반은 중학교에 진학하지 못한다.

남자 아이들은 농사를 짓거나 반품짜리 품을 팔고
그나마 연줄 있는 여자 아이들은 서울로 가서
애를 보거나 동네 언니의 주민등록을 빌려
방직공장이나 빵공장, 혹은 버스 안내양으로
취직을 할 것이다.

졸업식장에서 나는,
울지 않았다.
이미 모든 것을 포기했으므로...

-누나, 누나가 왔다.

입학식 닷새 전,
안양에서 직장생활 하는 누나가
헐렁한 교복과 모자, 가방에
그렇게 갖고 싶었던 스프링 노트까지 사가지고
홀연 나타났다.
누나의 두 치 월급에 가까운 입학금
18,000원과 함께.

딩연하세노 읍내 중학교는
입학 등록이 마감 되었다.
국민학교 담임선생의 백방의 노력으로
면 소재지에 있는 모가중학교에
겨우 등록할 수 있었다.

-등록하러 가는 길

누나와 함께 학교로 갔다.
잔뜩 흐린 하늘에선 금방이라도
눈이 쏟아질 것 같았다.
회잿빛 하늘,
봄을 시샘하는 심란한 날씨.

공동묘지가 있는 고개를 넘고
겨울 눈 녹은 도랑물 소리 재잘거리는
논두렁을 건너서
당산나무가 있는
마을회관 동네를 지나고
깨금발로 건너뛰기 좋은
징검다리 시내를 건너

공동 빨래터가 있는 세 번째 마을 지나
상수리나무, 잡목 흔드는 바람소리 쏴아한
산모퉁이 지나 한 시간 반 남짓 걸리는 먼 길을
걸으며 행복했다.

중학생이 된다니.
이렇게 설레여도 괜찮은 걸까.
아무 말도 하지 않고 땅만 보고 걷는 누나의

핼쑥한 옆얼굴.

슬레이트 지붕에 시멘트를 발라 지은
엉성한 학교.
왜, 무엇 때문인지 모르지만
우리 동네에서는 이 학교를 두고
'꼬봉핵교' 라고 했다.
꼬봉...무슨 뜻 일까.
우리는 전쟁놀이 할 때 '대장'의 쫄병을
'꼬봉'이라고 부르는데
그런 뜻 일까.

읍내 중학교에 비해 너무나 초라하고
보잘 것 없었지만 왠지 정겹고 편안했다.
모가중학교!
이제 우리 학교다.
아니, 내 학교다.

학교 앞 소사집 구멍가에서 누나와 라면을 먹었다.
라면, 나 지금까지 라면을 좋아하지만
그날 누나와 장작난로 옆에서 먹은 라면의 맛은
평생을 두고 감히 잊지 못할 것이다.

김용택의 누님은
달 그늘진 어둔 산자락
강변의 하얀 갈대들의 손짓이거나
'슬픔과 그리움과 사랑의 여울지는 물소리'처럼
아름답고 슬픈 기다림으로 가슴에 남아 있지만

내 누님의 초상肖像은
회잿빛 하늘,
눈 녹은 도랑물소리 재잘거리던 논두렁과
상수리나무 바람소리 쏴아한 산모퉁이,
'아무 말도 하지 않고 땅만 보고 걷던
누나의 핼쑥한 옆얼굴'로
지금까지, 앞으로도 그렇게
가슴에 남아 있을 것이다.

가을

김용택

가을입니다
해질녘 먼 들 어스름이
내 눈 안에 들어섰습니다
윗녘 아랫녘 온 들녘이
모두 샛노랗게 눈물겹습니다
말로 글로 다 할 수 없는
내 가슴속의 눈물겨운 인정과
사랑의 정감들을
당신은 아시는지요

해 지는 풀섶에서 우는
풀벌레들 울음소리 따라
길이 살아나고
먼 들 끝에서 살아나는
불빛을 찾았습니다
내가 가고 해가 가고 꽃이 피는
작은 흙길에서
저녁 이슬들이 내 발등을 적시는
이 아름다운 가을 서정을
당신께 드립니다.

이 아름다운 가을 서정을

  가을이 오는 소리를 나는 가슴으로 먼저 듣습니다. 유년幼年에도, 꿈 많던 청춘시절에도, 슬프다! 비로서 '하늘의 뜻을 알았다'고 하는 지천명知天命에 이른 지금도 가을을 맞이하는 내 증상은 한결 같습니다.

  여름 끝물의 어느 아침, 처서處暑 지나 한결 달라진 소슬한 바람 끝에서 가을의 쓸쓸한 서정을 느낍니다. 낮 동안 그악스럽게 울어대던 매미소리 대신 뒤울안 어디쯤에서 풀벌레 소리, 귀뚜라미 소리 높아지면 나는 그 때 부터 말을 잃고 가슴으로 지나는 바람소리를 들으며 앓기 시작합니다.

  세상이 온통 푸르고 희망이었던 꿈 많던 소년시절의 들뜬 가슴이 서른 해가 훨씬 지난 오늘까지 계절병처럼 앓는 것으로 그렇게 가을은 시작됩니다. 여름내 작렬하는 태양빛에 추레해지고 낡아있는 육신, 깡마른 가슴에 서서히 그리움의 싹이 틔기 시작하고 한여름 동안 잊혀 졌던 나의 내면을 향하여 깊은 응시를 던지는 계절. 가을, 조락凋落의 계절입니다.

  조락은 가장 은밀하고도 깊은 가슴의 울림으로 우리에게 옵니다. 여름내 무성한 잎을 자랑하며 그 그늘에 매미를 불러 들여 우리를 즐겁게 해주었던 뜰 앞 해바라기가 하나 둘 잎을 떨구고 스산한 바람에 흔들리는 계절이 오면 비에 젖은 낙엽을 밟으며 이리 저리 걷기도 하고, 귀뚜라미 울음소리 더 없이 고적한 어느 가을밤에는 완행열차라도 집어타고 어디론가 훌쩍 떠나고 싶기도 하는 감성의 계절입니다.

우리는 흔히 감성感性을 사춘기 한 때의 거추장스런 열병이나 저급한 센티멘탈리즘으로 치부하고는 합니다. 그러나 감성이 없는 인간이란, 그러한 삶이란, 대저 얼마나 삭막 할까요.

 가을- 감성의 계절. 릴케의 시처럼 '읽고 쓰며 잠자지 않고 이리저리 가로수 길을 헤맬' 우리들의 계절, 가을입니다. 나는 누구인가? 지금 어디에 와 있는가? 가슴으로 스치는 바람소리에 귀 기울이고 진지하게 생각해 볼일이니, 그대들이여! 귀뚜라미 소리 높아 가는 이 가을에 좀더 '가난하고 외롭고 높고 쓸쓸해' 져 보는 것은 어떨지요.

정님이

이시영

용산 역전 늦은 밤거리
내 팔을 끌다 화들짝 손을 놓고 사라진 여인
운동회 때마다 동네 대항 릴레이에서 늘 일등을 하여 밥솥을 타던
정님이 누나가 아닐는지 몰라
이마의 흉터를 가린 긴 머리, 날랜 발
학교도 못 다녔으면서
운동회 때만 되면 나보다 더 좋아라 좋아라
머슴 만득이 지게에서 점심을 빼앗아 이고 달려오던 누나
수수밭을 매다가도 새를 보다가도 나만 보면
흙 묻은 손으로 달려와 청색 책보를
단단히 동여매 주던 소녀
콩깍지를 털어 주며 맛있니 맛있니
하늘을 보고 웃던 하이얀 목
아버지도 없고 어머니도 없지만
슬프지 않다고 잡았던 메뚜기를 날리며 말했다.
어느 해 봄엔 높은 산으로 나물 캐러 갔다가

산뱀에 허벅지를 물려 이웃 처녀들에게 업혀 와서도

머리맡으로 내 손을 찾아 산다래를 쥐여 주더니

왜 가 버렸는지 몰라

목화를 따고 물레를 잣고

여름밤이 오면 하얀 무릎 위에

정성껏 삼을 삼더니

동지섣달 긴긴 밤 베틀에 고개 숙여

달그랑잘그랑 무명을 잘도 짜더니

왜 바람처럼 가 버렸는지 몰라

빈 정지 문 열면 서글서글한 눈망울로

이내 달려 나올 것만 같더니

한번 가 왜 다시 오지 않았는지 몰라

식모 산다는 소문도 들렸고

방직 공장에 취직했다는 말도 들렸고

영등포 색시집에서 누나를 보았다는 사람도 있었지만

어머니는 끝내 대답이 없었다.

용산 역전 밤 열한시 반

통금에 쫓기던 내 팔 붙잡다

날랜 발, 밤거리로 사라진 여인

(시집 『만월』, 1976)

우리 모두의 누이, 정님이

이 시는 전통적 서정시 형식에 서사성을 담아내고 있습니다. 즉 '시 같은 이야기, 이야기 같은 시'로 쉽게 읽히는 재미와 함께 감동 또한 큰 울림으로 전해주고 있습니다.

우연히 마주친 용산 역전 밤거리의 한 여인을 통해 화자는 추억 속의 '정님이'를 떠올림으로써 어린 시절 행복했던 회상 속으로 빠져들게 됩니다. 불우한 환경 속에서도 명랑하고 순박했던 '정님이'가 식모로, 방직공장 여공으로, 다시 용산 역전 앞 창녀로 전락해 가는 삶의 여정을 통해 1970년대 산업화, 근대화의 그늘에서 농촌을 떠나 도시의 하층민으로 전락해 가는 우리 이웃들의 고단한 삶의 모습을 아프게 보여주고 있습니다.

70년대 산업화 과정에서 농촌에서도 도시에서도 여전히 가난하고 소외 되는 삶이 대물림되고 있는 민중들의 가슴 먹먹한 삶을 덤덤히 이야기로 보여주고 있습니다. 이 시에서의 '정님이'는 바로 우리의 누이이자 이웃들의 이야기이며, 이들에 대한 그리움은 사라져가는 순수와 영원에 대한 그리움에 다름 아닐 것입니다.

또 기다리는 편지

정호승

지는 저녁 해를 바라보며
오늘도 그대를 사랑하였습니다.
날 저문 하늘에 별들은 보이지 않고
잠든 세상 밖으로 새벽달 빈 길에 뜨면
사랑과 어둠의 바닷가에 나가
저무는 섬 하나 떠 올리며 울었습니다.
외로운 사람들은 어디론가 사라져서
해마다 첫눈으로 내리고
새벽보다 깊은 새벽 섬 기슭에 앉아
오늘도 그대를 사랑하는 일보다
기다리는 일이 너 행복하였습니다.

(시집 『서울의 예수』, 1982)

기다리는 일이 더 행복하였습니다

정호승을 일러 '슬픔'의 시인이라고 합니다. 그의 시에 있어 '슬픔'은 시적 사유의 출발점이 됩니다. 이 '슬픔'을 통해 사랑하는 '임'에 대한 그리움과 가난한 우리 이웃들의 아픔은 물론, 전쟁과 분단, 독재로 얼룩진 우리 현대사의 상처까지도 두루 끌어안고 따듯하게 위무해 주고 있습니다.

이 시는 사랑하는 '임'을 기다리는 간절한 마음을 담고 있습니다. 그러나 부재不在한 '임'을 그리워하면서도 결코 절망하거나 비관하지 않고 담담한 어조로 언젠가 오실 '임'에 대한 희망을 얘기하고 있습니다.

새벽 보다 깊은 '섬 기슭'에서 지금은 '그대'와 단절된 상태이지만 언젠가는 반드시 돌아 올 것이라는 믿음은 마침내 '사랑하는 일보다 기다리는 일이 더 행복'함을 깨닫게 됩니다.

어쩌면 영원히 오지 않을 수도 있는 '임'이지만 그 사랑을 밤새도록 기다리게 하는 것은, 어둠을 따라 깊어진 사랑의 힘이 아닐지요.

사평역沙平驛에서

곽재구

막차는 좀처럼 오지 않았다
대합실 밖에는 밤새 송이눈이 쌓이고
흰 보라 수수꽃 눈시린 유리창마다
톱밥난로가 지펴지고 있었다
그믐처럼 몇은 졸고
몇은 감기에 쿨럭이고
그리웠던 순간들을 생각하며 나는
한 줌의 톱밥을 불빛 속에 던져주었다
내면 깊숙이 할 말들은 가득해도
청색의 손바닥을 불빛 속에 적셔두고
무두들 아무 말도 하지 않았다
산다는 것이 때론 술에 취한 듯
한 두릅의 굴비 한 광주리의 사과를
만지작거리며 귀향하는 기분으로
침묵해야 한다는 것을
모두들 알고 있었다.

오래 앓은 기침소리와
쓴 약 같은 입술담배 연기 속에서
싸륵싸륵 눈꽃은 쌓이고
그래 지금은 모두들
눈꽃의 화음에 귀를 적신다
자정 넘으면
낯설음도 뼈아픔도 다 설원인데
단풍잎 같은 몇 잎의 차창을 달고
밤 열차는 또 어디로 흘러가는지
그리웠던 순간들을 호명하며 나는
한 줌의 눈물을 불빛 속에 던져 주었다.

(시집 『사평역에서』, 1983)

한 폭의 겨울 수채화 같은 시

숫눈 푸지게 내리는 한 겨울밤, 쓸쓸한 간이역에서 고향으로 가는 마지막 열차를 기다리는 사람들의 추억과 회한을 한 편의 수채화처럼 아름답게 그려 낸 시입니다.

눈 내리는 간이역 대합실에서 오지 않는 막차를 기다리는 사람들. 부려둔 보따리나 꾸러미에 기대 누군가는 '그믐처럼 졸고' 누군가는 '쓴 약 같은 입술 담배'를 피우며 누군가는 웅크린 채 쿨럭이기도 합니다. '나'는 '그리웠던 순간들을 생각하며' 난로에 톱밥을 던져 넣으며 깊은 상념에 빠져 있습니다.

화자가 불빛 속에 던져 준 '한 줌의 눈물'은 단순한 공감이나 동정심의 표현이 아니라 난롯가에 모여 있는 군상들과의 정서적 일체감, 즉 신영복 선생이 『감옥으로부터의 사색』에서 말한 '관계의 최고 형태인 입장의 동일함'이며, 우리가 살고 있는 세상에 대한 따뜻한 신뢰와 희망이 아닐지요. 삶에 대한 담담한 내면 응시와 성찰, 잔잔한 서정의 울림이 돋보이는 시입니다.

1980년대 한국 서정시의 한 정점을 이루었다는 평가를 받고 있는 이 시를 읽을 때마다 가슴 저 밑바닥에서 아릿한 통증을 느끼고는 합니다. 아름다우면서 슬프고, 외롭지만 따뜻했던, 다시 가고 싶은 그 시절의 그리움을 흑백사진처럼 보여주고 있기 때문일까요.

옥수수밭 옆에 당신을 묻고

도종환

견우직녀도 이 날만은 만나게 하는 칠석날

나는 당신을 땅에 묻고 돌아오네

안개꽃 몇 송이 함께 묻고 돌아오네

살아평생 당신께 옷 한 벌 못 해 주고

당신 죽어 처음으로 베옷 한 벌 해 입혔네

당신 손수 베틀로 짠 옷가지 몇 벌 이웃에게 나눠주고

옥수수밭 옆에 당신을 묻고 돌아오네.

은하 건너 구름 건너 한 해 한 번 만나게 하는 이 밤

은핫물 동쪽 서쪽 그 멀고 먼 거리가

하늘과 땅의 거리인 걸 알게 하네

당신 나중 흙이 되고 내가 훗날 바람 되어

다시 만나지는 길임을 알게 하네.

내 남아 밭 갈고 씨 뿌리고 땀 흘리며 살아야

한 해 한 번 당신 만나는 길임을 알게 하네.

(시집 『접시꽃 당신』, 1986)

당신 나중 흙이 되고 내가 훗날 바람 되어

칠석은 음력 7월 7일로 헤어져 있던 견우牽牛와 직녀織女가 한 해 한 번 만나는 날입니다. 그 날 화자는 '옥수수밭 옆에' 아내를 묻으며 은하수를 사이에 두고 만나지 못하는 견우와 직녀처럼 하늘과 땅으로 갈라지는 현실을 깨닫게 됩니다.

그러나 화자는 슬픔에 매몰되지 않고 '당신 나중 흙이 되고 내가 훗날 바람 되어' 다시 만나게 될 것임을 믿고 있습니다. 그러한 만남의 날을 위해 화자는 '밭 갈고 씨 뿌리고 땀 흘리며' 살아야 한다고 스스로 다짐합니다. 아내와의 사별死別로 인한 슬픔이 '견우와 직녀'처럼 언젠가는 만나게 되리라는 재회의 확신을 통해 사랑으로 승화되는 아름다운 시입니다.

고대 설화 「공무도하가」, 김소월의 「초혼」, 서정주의 「귀촉도」등과 같은 사랑하는 임과의 사별死別을 애상적 어조로 노래 한 시들과 주제 면에서 유사하지만, 이 시에서의 화자는 이별을 결코 절망적이거나 체념적으로 받아들이지 않고 있습니다. 오히려 더 깊고 확고한 사랑으로 슬픔을 극복함으로써 한 차원 높은 이별시의 진경을 보여주고 있습니다.

너에게 묻는다

안도현

연탄재 함부로 차지 마라
너는
누구에게 한 번이라도 뜨거운 사람이었느냐

(시집『외롭고 높고 쓸쓸한』, 1994)

성찰의 시

　이 시는 3행, 30자로 씌여진 짧은 시이지만 그 속에 많은 메시지와 함축적 의미를 담고 있습니다. 일상에서 흔히 보게 되는 '연탄재'를 통해 아무런 열정도 없이 타성에 젖어 소시민적 삶을 살아가는 우리들의 속물성과 허의의식을 질타하고, 반성과 성찰의 동기를 부여하고 있습니다.

　지금은 비록 차갑게 식어 이리저리 채이는 천덕꾸러기 신세로 전락했지만, 한 때 온몸을 살라 산동네의 가난한 온돌방을 따뜻하게 덮혀주었을 연탄 한 장. 우리는 과연 누구에게 한 번이라도 뜨거워 본적이 있을까요? 이쯤되면 시를 해석한다거나, 어떤 의미를 부여한다거나, 이 시에 대해 중언부언 하는 것 자체가 무의미해 집니다. 시는 시인이 언어로 던지는 메시지를 몸으로 느끼면 되는 것이니까요.

　많은 시인들이 그렇겠지만 안도현의 시에 대한 순정과 진정성은 유별납니다. '시와 삶이 궁극적으로 완전한 하나가 되지는 못한다 할지라도 거의 하나에 가까워지도록 만들고자하는 그 둥글디 둥근 꿈만은 결코 포기하지 못하겠노라'고 그는 말합니다. 이 세상의 하잘 것 없고 소소한 것들에게 따뜻한 서정을 불어 넣어 생명력을 갖게 하는 그는, 이 시대 시의 구도자라 불러도 좋을 듯싶습니다.

성에꽃

최두석

새벽 시내버스는
차창에 웬 찬란한 치장을 하고 달린다
엄동 혹한일수록
선연히 피는 성에꽃
어제 이 버스를 탔던
처녀 총각 아이 어른
미용사 외판원 파출부 실업자의
입김과 숨결이
간밤에 은밀히 만나 피워 낸
번뜩이는 기막힌 아름다움
나는 무슨 전람會에 온 듯
자리를 옮겨 다니며 보고
다시 꽃이파리 하나, 섬세하고도
차가운 아름다움에 취한다
어느 누구의 막막한 한숨이던가
어떤 더운 가슴이 토해 낸 정열의 숨결이던가
일없이 정성스레 입김으로 손가락으로
성에꽃 한 잎 지우고

이마를 대고 본다
덜컹거리는 창에 어리는 푸석한 얼굴
오랫동안 함께 길을 걸었으나
지금은 면회마저 금지된 친구여

(시집 『성에꽃』, 1990)

이야기시의 한 전형을 만나다

　최두석은 1980년대 '리얼리즘 논쟁'의 중심에 있던 시인이자 평론가로 '이야기 시론'의 이론적 토대를 마련한 사람입니다. 그의 시에서 우리는 현란한 이미지의 남발이나 기교를 볼 수 없습니다. 평범한 일상적 언어로 이야기와 노래의 형식을 빌어 의식을 명료하게 드러내는 시인으로 평가 받고 있습니다.

　어느 겨울 이른 아침, 화자는 시내버스의 유리창에 피어 난 '성에꽃'을 보고 간밤에 이 버스를 탔던 '처녀 총각 아이 어른 미용사 외판원 파출부 실업자' 등을 떠올립니다. 그들은 바로 고달픈 삶을 살아가는 밑바닥 인생들입니다.

　차창에 서린 '성에꽃'의 '꽃이파리'들을 들여다보는 화자의 행동은, 이 차를 탔던 서민들의 삶에 대한 아픔을 함께하고 있으며, 그들의 삶과 정서가 자신에게도 의미 있고 소중한 것으로 느끼고 있습니다.

　이 시에서 '엄동 혹한'은 군사 독재가 겉옷만 바꿔 입은 채 연장되고 있던 당시의 암울한 시대상을 상징하고 있으며 '지금은 면회마저 금지된 친구여.'라는 시구를 통하여 이 점을 더욱 분명히 하고 있습니다. 즉 화자의 정서는 동 시대를 살고 있는 서민들의 삶에 대한 애정으로부터 구속된 친구에 대한 그리움으로 나아가고 있는데, 이는 시적 화자가 그 벗과 함께 오랫동안 민중에 대한 애정을 실천하는 삶을 살아왔음을 암시적으로 나타내 주고 있습니다.

노동의 새벽

박노해

전쟁 같은 밤일을 마치고 난
새벽 쓰린 가슴 위로
차거운 소주를 붓는다
아
이러다간 오래 못 가지
이러다간 끝내 못 가지

서른 세 그릇 짬밥으로
기름투성이 체력전을
전력을 다 짜내어 바둥치는
이 전쟁 같은 노동일을
오래 못 가도
끝내 못 가도
어쩔 수 없지

탈출할 수만 있다면,
진이 빠져, 허깨비 같은
스물아홉의 내 운명을 날아 빠질 수만 있다면
아 그러나
어쩔 수 없지 어쩔 수 없지
죽음이 아니라면 어쩔 수 없지
이 질긴 목숨을,
가난의 멍에를,
이 운명을 어쩔 수 없지

늘어 처진 육신에
또다시 다가올 내일의 노동을 위하여
새벽 쓰린 가슴 위로
차거운 소주를 붓는다
소주보다 독한 깡다구를 오기를
분노와 슬픔을 붓는다

어쩔 수 없는 이 절망의 벽을

기어코 깨뜨려 솟구칠

거치른 땀방울, 피눈물 속에

새근새근 숨쉬며 자라는

우리들의 사랑

우리들의 분노

우리들의 희망과 단결을 위해

새벽 쓰린 가슴 위로

차거운 소주잔을

돌리며 돌리며 붓는다

노동자의 햇새벽이

솟아오를 때까지

(시집 '노동의 새벽', 1984)

조촐한 술 한 상으로 바쳐진 시

> '저임금과 장시간노동의 암울한 생활 속에서도
> 희망과 웃음을 잃지 않고 열심히 사는
> 노동형제들에게 조촐한 술 한상으로 바칩니다.'
>
> ─박노해, 시집『노동의 새벽』서문

80년대 노동문학, 노동자문학의 새 지평을 연 박노해는 야간 고등학교를 졸업하고 산업현장으로 뛰어들어 열악한 노동현장과 노동자의 삶을 시로 형상화 한 시인입니다.

그의 첫 시집『노동의 새벽』은 대학가와 노동 운동권을 중심으로 급속히 독자층을 확대해 나감으로써 80년대 민중운동의 이념적 좌표를 제시했으며, 우리 문학사에 하나의 충격으로 다가왔습니다.

'노동현장의 구체적 체험을 바탕으로 높은 정치의식과 예술적 형상화에 성공한 시집'으로 평가받은 이 시집의 작품들은 지식인의 관념이 아닌 노동현장의 일상적 삶이 노동자의 눈과 언어로 형상화 되었다는 점에서 더욱 의미가 있다고 하겠습니다.

자본주의 사회에서 노동자가 '전쟁 같은 노동'에서 헤어날 수 있는 길은 죽음뿐입니다. 이러한 족쇄와 같은 운명과 굴레에서 벗어 날수

있는 길, 즉 '노동자의 햇 새벽'을 여는 길은 '우리들의 사랑, 분노, 희
망과 단결'이라고 '새벽 쓰린 가슴 위로 차거운 소주잔을 돌리며' 분
노의 결의를 다지고 있습니다.

　이 시는 한 노동자 시인이 노동현실의 구체적 체험속에서 새로운 변
혁운동의 참된 시작을 알리고 있으며 진보적인 민중의 목소리를 대
변하고 있습니다.

손무덤

박노해

올 어린이날만은
안사람과 아들놈 손목 잡고
어린이 대공원에라도 가야겠다며
은하수를 빨며 웃던 정 형의
손목이 날아갔다

작업복을 입었다고
사장님 그라나다 승용차도
공장장님 로얄살롱도
부장님 스텔라도 태워 주지 않아
한참 피를 흘린 후에
타이탄 짐칸에 앉아 병원을 갔다

기계 사이에 끼어 아직 팔딱거리는 손을
기름 먹은 장갑 속에서 꺼내어
36년 한 많은 노동자의 손을 보며 말을 잊는다
비닐봉지에 싼 손을 품에 넣고
봉천동 산동네 정형 집을 찾아

서글한 눈매의 그의 아내와 초롱한 아들놈을 보며
차마 손만은 꺼내 주질 못하였다

환한 대낮에 산동네 구멍가게 주저앉아 쇠주병을 비우고
정형이 부탁한 산재관계 책을 찾아
종로의 크다는 책방을 둘러봐도
엠병할, 산더미 같은 책들 중에
노동자가 읽을 책은 두 눈 까뒤집어도 없고

화창한 봄날 오후의 종로 거리엔
세련된 남녀들이 화사한 봄빛으로 흘러가고
영화에서 본 미국상가처럼
외국상표 찍힌 왼갖 좋은 것들이 휘황하여
작업화를 신은 내가
마치 탈출한 죄수처럼 쫄드만
고층 사우나빌딩 앞엔 자가용이 즐비하고
고급 요정 살롱 앞에도 승용차가 가득하고
거대한 백화점이 넘쳐흐르고
프로야구장엔 함성이 일고
노동자들이 칼처럼 곤두세워 좆빠져라 일할 시간에
느긋하게 즐기는 년놈들이 왜 이리 많은지

― 원하는 것은 무엇이든 얻을 수 있고
    바라는 것은 무엇이든 이룰 수 있는―
선진 조국의 종로 거리를
나는 ET가 되어
얼마간 미친놈처럼 헤매이다
일당 4,800원짜리 노동자로 돌아와
연장 노동 도장을 찍는다

내 품속의 정 형 손은
싸늘히 식어 푸르뎅뎅하고
우리는 손을 소주에 씻어들고
양지바른 공장 담벼락 밑에 묻는다
노동자의 피땀 위에서
번영의 조국을 향락하는 누런 착취의 손들을
일 안 하고 놀고 먹는 하얀 손들을
묻는다
프레스로 싹둑싹둑 짓짤라
원한의 눈물로 묻는다
일하는 손들이
기쁨의 손짓으로 살아날 때까지
묻고 또 묻는다

(시집 『노동의 새벽』, 1984)

노동자 시의 새 지평을 열다

「손무덤」은 자본주의 그늘에서 열악한 작업환경과 저임금, 장시간 노동으로 소외되고 억압 받는 노동자의 삶을 전형적으로 보여주는 노동시입니다.

산업화의 과정에서 철저히 무시되고 소외되었던 노동자들의 현실이 자본가나 가진 자와의 대비를 통해서 잘 보여주고 있습니다. 노동자라는 이유로 인간다운 대접을 받지 못하는 비참한 현실에도 불구하고 화자는 그러한 현실에 좌절하지 않습니다.

이 시에 등장하는 '정형의 날아가 버린 손'은 '노동자의 손'입니다. 그의 손은 아내와 아들의 생계를 꾸려가는 유일한 밑천으로 그러한 손이 잘렸다는 것은 생계기 위협받을 수도 있는 상황으로 연결됩니다.

푸르뎅뎅해진 '정형'의 손을 공장 담벼락에 묻으며, 자신들의 희생을 밟고 놀고 먹는 '누런 착취의 손' 즉 자본가들의 '하얀 손'들을 '프레스로 싹둑싹둑 짓짤라 원한의 눈물로' 묻고 노동자들이 인간다운 삶을 누리는 참세상을 만들겠다는 변혁의 의지를 다짐하고 있습니다.

끝없는 이윤추구가 목표인 자본주의 사회구조 안에서 노동자들은 애초부터 자본의 종에 불과 했습니다. 노동자 시인인 박노해는 그러한 현장 체험을 바탕으로 노동자들의 억압받는 삶을 시로 형상화하여 우리 문학사에서 노동자시의 한 지평을 연 시인으로 평가 받고 있습니다.

겨울나무로 서서

이재무

겨울을 견디기 위해
잎들을 떨군다.
여름날 생의 자랑이었던
가지의 꽃들아 잎들아
잠시 안녕
더 크고 무성한 훗날의
축복을 위해지금은 작별을 해야 할 때
살다보면 삶이란
값진 하나를 위해 열을 바쳐야 할 때가 온다.
분분한 낙엽,
철을 앞세워 오는 서리 앞에서
뼈 울고 살은 떨려 오지만
겨울을 겨울답게 껴안기 위해
잎들아, 사랑의 이름으로
지난 안일과 나태의 너를 떨군다.

(시집『몸에 피는 꽃』, 2003)

값진 하나를 위해 열을 바쳐야 할 때

가을의 막바지. 오랫만에 승용차에 기름을 넉넉히 채우고 길을 나섰습니다. 내린천을 거슬러 한참을 달리다 필례약수에서 김빠진 사이다 같은 약수 한 사발로 갈증을 달래고 하늘아래 첫 동네라고 불리는 해발 1300미터의 진동계곡까지 아무 생각 없이 쏘아 다녔습니다.

추수를 끝내고 벼의 그루터기들만 을씨년스럽게 남은 텅 빈 늦가을 들판에는 낟가리들이 무더기 무더기로 쌓여있었구요, 산비알의 층층이 계단밭에는 마른 옥수수대가 몽고인들의 움막처럼 들쑥날쑥 세워져 있었습니다.

아직 낙엽이 되지 못한 가로수 잎들은 쫓겨 가는 가을의 마지막 몸부림으로 힘겹게 흔들리고 있었고, 가없이 뻗어 나간 도로변에는 서리 맞은 들국이며 코스모스가 처참하게 말라가고 있었습니다. 꽃잎을 모두 털어 낸 마른 대궁들에서 가을 한낮의 그 화려했던 흔적을 찾아내기란 이미 불가능한 일이었습니다.

가을을 힘겹게 버티던 플라타너스 잎새 한 개가 투툭, 윈도우에 떨어지더니 아기 손바닥 같은 잎새를 파르르 떨더군요. 언제고 한 번 화려한 빛깔을 뽐내본 적이 없는 칙칙한 나뭇잎, 단풍이라기보다 낙엽이 더 어울리는 나무.

  겨울의 문턱이지요. 겨울나무. 시인은 더 크고 무성한 훗날의 축복을 위해 작별을 해야 한다고 쓰고 있습니다. 살다보면 값진 하나를 위해 열을 바쳐야 할 때가 오는 것이 우리네 삶이라고 조근조근 얘기해 주고 있습니다.

  그래요. 버릴 것은 버리고 줄일 것은 줄여야겠지요. 이제 춥고 어두운 먼 길 떠나야 하니까, 머잖아 불어 닥칠 눈보라와 비바람 이겨내자면 겉에 걸친 것, 붙은 것, 몽땅 떨쳐 버려야겠지요. 그저 간편한 채 비여야 꺾이지도 지치지도 않고 먼 길 갈 수 있을테니까요.

  눈물겹도록 아름다운 이 시를 춥고 등 시린 우리의 가난한 이웃들에게 들려주고 싶습니다.

포살布薩식당

홍성란

저 외진 데로 가
혼자 밥 먹는 친구를 보고

일곱 사람이 식판 들고 그쪽으로 몰려가네

산나리
긴 목을 휘어 물끄러미 보고 있네

환하고 따듯한 시 한 편

  포살식당은 만해마을 문인의 집에 있는 대중공양간, 즉 식당을 말합니다.

  무슨 이유인지 외따로 혼자 밥 먹는 친구가 있습니다. 짠한 그 모습에 마음 여린 시인과 함께 한 '일곱 사람이 식판 들고 그쪽으로 몰려' 갑니다. 세간世間살이 따뜻한 마음은 창 밖 산나리에게 까지 전해져 '긴 목을 휘어 물끄러미' 바라보게 합니다.

  일체의 기교와 꾸밈을 배제하고 단촐한 행간 속에 깊이 있는 사유와 사람살이에 대한 따뜻한 성찰, 화사하고 맑은 서정이 읽는 사람의 마음까지 환하고 따듯하게 해 줍니다.

  짧은 시편에서 상구보리上求菩提의 지혜가 반짝이는 아름답고 단정한 시 입니다.

바람 부는 솔숲에 사랑은 머물고

고재종

갈참나무 등걸 같은 서당골 장연이
사십줄 다 되도록 장가도 못 들고
병풍산 이골저골 나무 하느라 바빴네
중풍으로 들어앉은 홀어머니 모시느라
전답 한 평 없는 땅 떠나지도 못하고
호구방편 나뭇짐에 허리만 다 휘었네.

소작농군 남편 잃은 동촌골 순창댁
서른넷 끓는 몸 개가도 못하고
병풍산 이골저골 약초 캐느라 바빴네.
토끼 같은 다섯 새끼 맑은 눈이 불쌍해서
꿈 많은 서울길 보따리도 못 싸고
목숨뿌리 찾느라 손발만 다 부르텄네.

서당골 장연이와 동촌골 순창댁
해 밝은 한 겨울날 이골저골 헤매던 중
소변 자리 보다가 솔숲에서 마주쳤네.
새소리도 청아한데 서로들 낯 붉히다

뚝심 좋은 장연이 에라, 한 세상 덮치고
끓는 몸 순창댁 아아, 온 산골 뒤챘네.

그러나 솔숲의 꿈 오래가지 못했네.
이듬해 봄날 장연이 솔 찍다 잡혀가고
그 바람에 늙은 어미 설운 목숨 놓으니
순창댁도 더는 산 타고만 살 수 없어
겨우내 뜨거웠던 솔숲에 가 펑펑 울고
어린 것들 데불고 서울길 떠났네.

(시집 『바람 부는 솔숲에 사랑은 머물고』, 1987)

농촌현실을 핍진하게 보여 준 농민시

    고재종은 80년대 농촌 현실을 시로 핍진하게 형상화 한 농민시인입니다. 그는 첫 시집 『바람 부는 솔숲에 사랑은 머물고』의 서문에서 '이 땅 모든 이들의 원적지요, 사상과 정서의 원천임에도 불구하고 계속되는 농정 실패로 인해 나락의 몸부림을 하고 있는 농촌-농민의 철저한 소외를 과연 누구 하나 본때 있게 문제 삼아 주는가, 시대의 진실이요 양심이라는 시인들의 그 많은 시집들 중에서도 왜 농촌-농민의 삶은 여전히 소외되어야 하는가, 생각할수록 솟구쳐 오르는 분노를 억누를 수 없었던 것이 이 조삽한 시집의 상재 이유' 라고 쓰고 있습니다.

    이 시는 '서당골 장연이와 동촌골 순창댁'의 사랑이야기지만 그 내면에는 '사십줄 다 되도록 장가도 못간' 노총각 장연이와 '중풍으로 들어앉은 홀어머니' 그리고 '소작 농군 남편을 잃은 동촌골 순창댁'을 통해서 날로 황폐해 가는 농촌과 농민 삶의 고단함을 상징적으로 보여주고 있습니다.

    한 편의 소설 같은 이야기 구조와 남도 특유의 토속어 구사, 민요조의 리듬이 시 읽기의 즐거움을 더해 주고 있습니다.

엄마 걱정

기형도

열무 삼십 단을 이고
시장에 간 우리 엄마
안 오시네, 해는 시든 지 오래
나는 찬밥처럼 방에 담겨
아무리 천천히 숙제를 해도
엄마 안 오시네, 배춧잎 같은 발소리 타박타박
안 들리네, 어둡고 무서워
금간 창틈으로 고요히 빗소리
빈방에 혼자 엎드려 훌쩍거리던

아주 먼 옛날
지금도 내 눈시울을 뜨겁게 하는
그 시절, 내 유년의 윗목

(시집 『입 속의 검은 잎』, 1989)

그 시절, 내 유년의 윗목

배고픔과 외로움, 톱밥처럼 쓸쓸한 젊음, 노랗게 곪은 달, 기형도는 그렇게 판화 속 한겨울 풍경 같은 이미지들을 세상에 던져 놓고 쓸쓸히 생을 마감했습니다. 30세의 아까운 나이에 세상을 뜬 요절 시인 기형도의 시세계는 가난하고 우울한 유년 시절과 부조리한 체험의 기억들을 그로테스크 하면서도 따뜻하게 그리고 있습니다. 그의 유고 시집 『입 속의 검은 잎』은 그러한 소재를 바탕으로 죽음과 절망, 불안과 허무를 환상적인 분위기로 보여주고 있습니다.

'엄마 걱정'은 그의 유고시집 『입속의 검은 잎』 수록된 작품입니다. 엄마는 열무 팔러 시장에 가셨고, 어린 나는 '찬밥처럼 방에 담겨' 어머니를 기다리고 있습니다. 창밖에는 '배춧잎 같은' 엄마의 발소리 대신 비가 내리고 있습니다. '금간 창틈으로 고요히 빗소리' 들리는 밤, '빈방에 혼자 엎드려' 훌쩍거리던 유년의 삶과 쓸쓸함, 영원한 그리움의 대상인 어머니를 소재로 시인 특유의 개성적인 문체로 노래하고 있습니다.

'지금도 내 눈시울 뜨겁게 하는 / 그 시절, 내 유년의 윗목'은 비단 시인만의 체험은 아닐 것입니다. 그의 시는 이러한 보편적 체험을 미학적으로 승화시킴으로써 많은 사람들에게 사랑 받는 시인으로 남는 건 아닐지요.

빈집

기형도

사랑을 잃고 나는 쓰네

잘 있거라, 짧았던 밤들아
창밖을 떠돌던 겨울 안개들아
아무 것도 모르던 촛불들아, 잘 있거라.
공포를 기다리던 흰 종이들아
망설임을 대신하던 눈물들아
잘 있거라, 더 이상 내 것이 아닌 열망들아

장님처럼 나 이제 더듬거리며 문을 잠그네
가엾은 내사랑 빈 집에 갇혔네

(시집 『입 속의 검은 잎』, 1989)

가엾은 내사랑 빈 집에 갇혔네

　'빈 집'은 절망과 폐쇄의 공간이며, 시인이 사랑을 잃고 칩거하는 우울하고 어두운 공간입니다. 그것이 이성에 대한 사랑이든 자신의 삶에 대한 사랑이든 간에 '빈 집'에 갇히는 것은 결코 즐거운 경험일 수 없습니다. 그러함에도 불구하고 시인은 사랑을 잃고 제 스스로 그곳에 들어가 문을 잠가 버립니다.

　'잘 있거라' '문을 잠그네' '갇혔네' 등의 시어에서 짧은 생을 마감한 시인의 비극적 죽음을 암시라도 하는 듯한 이 시는 단절과 고독, 절망의 심경이 아름답고 슬프게 그려지고 있습니다.

온돌방

조향미

할머니는 겨울이면 무를 썰어 말리셨다
해 좋을 땐 마당에 마루에 소쿠리 가득
궂은 날엔 방 안 가득 무 향내가 났다
우리도 따순 데를 골라 호박씨를 늘어놓았다
실경엔 주렁주렁 메주 뜨는 냄새 쿰쿰하고
윗목에선 콩나물이 쑥쑥 자라고
아랫목 술독엔 향기로운 술이 익어가고 있었다
설을 앞두고 어머니는 조청에 버무린
쌀 콩 깨강정을 한 방 가득 펼쳤다
문풍지엔 바람 쌩쌩 불고 문고리는 쩍쩍 얼고
아궁이엔 지긋한 장작불
등이 뜨거워 자반처럼 이리저리 몸을 뒤집으며
우리는 노릇노릇 토실토실 익어갔다
그런 온돌방에서 여물게 자란 아이들은
어느 먼 날 장마처럼 젖은 생을 만나도
아침 나팔꽃처럼 금세 활짝 피어나곤 한다
아, 그 온돌방에서
세월을 잊고 익어가던 메주가 되었으면

한세상 취케 만들 독한 밀주가 되었으면

아니 아니 그보다

품어주고 키워주고 익혀주지 않는 것 없던

향긋하고 달금하고 쿰쿰하고 뜨겁던 온돌방이었으면

(시집『그 나무가 나에게 팔을 벌렸다』, 2006)

달금하고 쿰쿰하고 뜨겁던 온돌방이었으면

　조향미 시의 미덕은 보잘 것 없는 것, 하찮은 것, 자잘한 일상에서 삶의 의미와 아름다움을 찾는데 있습니다.

　우리도 조향미 시인이 말하는 그런 '온돌방'에서 낳고 자랐습니다. 방 한쪽에 무말랭이가 말라가고 메주 뜨는 냄새 쿰쿰한 방에서 콩나물처럼 쑥쑥 자랐고 향기로운 술처럼 익어갔습니다.

　'문풍지엔 바람 쌩쌩 불고 문고리 쩍쩍' 얼어붙는 겨울 날, 따듯한 장작불에 달궈진 온돌방에서 '자반처럼 이리저리 몸을 뒤집으며 우리는 노릇노릇 토실토실 익어'갔습니다. '그런 온돌방에서 여물게 자란 아이들은 어느 먼 날 장마처럼 젖은 생을 만나도 아침 나팔꽃처럼 금세 활짝 피어나곤' 했습니다.

　시인은 '세월을 잊고 익어가던 메주'이거나 한세상 취하게 만들어 줄 '독한 밀주', 아니 그보다도 평생을 '품어주고 키워주고 익혀주지 않는 것 없던' 향긋하고 달금하고 쿰쿰하고 뜨겁던 '온돌방'이 되었으면 좋겠다고 합니다.

　좋은 시란 무엇일까요. 말장난, 손끝의 기교로 쓴 시가 아니라 일상적인 삶의 이야기를 진솔하게 쓸 때 울림이 있고 감동을 주는 시가 될 수 있을 것 입니다. 고상하거나 아름다운 것, 한 깨달음을 주는 그 무엇, 혹은 교훈적인 것이 아니라, 너무 흔해서 지나치기 쉬운 일상의 자잘한 삶의 이야기나 기억의 한 조각을 가지고도 이렇게 아름다운 한 편의 시가 될 수 있다는 사실을 다시 한 번 깨닫게 해주고 있습니다.

오늘처럼 눈 내리는 날 밤, 화롯불에 고구마 구워 살얼음 낀 동치미 국물과 함께 보냈던 유년의 기억이 그리워지는 날입니다.

정주역에서

김판용

설 뒤끝 정주역에 눈이 내린다
누이를 보내고
메주에 고구마 설 음식까지
손수 캔 땅콩 몇 되까지
호남선 열차에 실어 보내고
모두 떠나는 자식으로 허전해
밀리는 해거름
어머니 어깨 위로 눈이 내린다

야산을 개간한 탓에
큰 비 오면 홍수져 금새 갈수기 맞는 마을에
명절이면 내리는 사람의 비
술렁술렁 대처의 이야기
하소연과 허풍의 밤을
이불깃 넓게 덮어 잠을 재우고
-남의 밥이 무섭지야
어디가 니 집 같을라고, 쯧쯧
혀를 차시며

뜬눈 새운 아침

모처럼 곤한 잠 깨울까

소리죽여 일어나

새벽 아궁이에 솔깨비 불 지피던

그 오지랖 넓은 치마에도

눈발이 굵다.

눈발 속으로 기차는 숨고

구공천지가 아득히 부서져 내리는데

누이야 지었던 눈물을 닦아라

차창 밖 찬바람이 컴컴해도

네 앞길이

다 싸보내고 난 엄니만 하겠느냐

역전의 리어카도

선술집 간판도 덮여

길마저 지워진 길 위에

수건 뒤집어쓰고 돌아올 저녁

뒤척일 엄니만 하겠느냐

네가 사온 어머니의 내복이

대처의 하소연이

아무리 무서운 남의 밥이

서울의 다시 낯선 불빛이

젖는 엄마의 눈발만 하겠느냐

세월은 열차처럼 돌아와

설 가면 또 농사철인데

젊은 사람 다 앗아간 이 호남선

또 삭아갈 엄니만 하겠느냐.

(월간 『한길문학』, 1991)

구공천지 아득히 눈 부서져 내리는 날

또 다른 무슨 말이 필요할까요. 어떤 할 얘기가 있어 중언부언할 수 있을까요. 대처에서 뿌리 뽑힌 삶이 설움일지라도, 구공천지 아득히 부서지는 눈발 속으로 당신들을 보내놓고 길마저 지워진 길 위에 수건 뒤집어쓰고 돌아 올 저녁, 그 밤 내내 뒤척일 우리들 엄니만 할까요.

사흘 간의 꿈속 같은 설 휴가를 끝내고 아들놈은 다시 동계전지훈련장으로 갔습니다. 늦은 잠이 유난히 많은 녀석을 깨우러 몇 번이나 방에 들어갔다가 곤하게 자는 놈을 차마 깨울 수 없어서 이불만 끌어 덮어주고 나왔지요. 아침 겸 점심으로 읍내 터미널 근처 순대국집에서 아들놈이 좋아하는 순대국을 허겁지겁 떠먹고 버스를 기다리는데 그쳤던 눈이 다시 내리기 시작하더군요.

제 몸집보다 큰 가방을 둘러멘 아들의 야윈 어깨가 안스럽다는 생각을 하고 있는데 아들놈이, 부스럭 거리며 주머니를 뒤지더니 세뱃돈으로 받은 돈 중에서 만원 짜리 두 장을 꺼내더군요. 아빠 책 사보시라고, 술은 조금만 드시라고...

나쁜 놈이네. 정말 나쁜 놈이네. 허허허...이런 지랄 같은 경우라니!

몸조심하고 밥 잘 챙겨 먹으라고, 아빠답게 의젓하게 등 두르려주고 버스 창가에 앉은 놈한테 용감하게 브이자를 흔들어 보이고 돌아서는데 앞이 아무것도 보이질 않더군요.

내리면서 녹는 눈 질척대는 터미널 근처 선술집의 때 낀 유리창 밖 눈발 속으로 세상이, 구공천지가 아득히 부서져 내리고 있더군요. 이 눈발 속에 한계령을 넘을 아들놈을 생각하면서 소주를 한잔 했습니다.

아, 정말 대취하고 싶은 설 뒤 끝 구공천지 아득히 눈 부서져 내리는 날입니다.

너에게 묻는다

안도현

연탄재 함부로 차지 마라
너는
누구에게 한 번이라도 뜨거운 사람이었느냐

(시집 『외롭고 높고 쓸쓸한』, 1994)

성찰의 시

이 시는 3행, 30자로 씌여진 짧은 시이지만 그 속에 많은 메시지와 함축적 의미를 담고 있습니다. 일상에서 흔히 보게 되는 '연탄재'를 통해 아무런 열정도 없이 타성에 젖어 소시민적 삶을 살아가는 우리들의 속물성과 허의의식을 질타하고, 반성과 성찰의 동기를 부여하고 있습니다.

지금은 비록 차갑게 식어 이리저리 채이는 천덕꾸러기 신세로 전락했지만, 한 때 온몸을 살라 산동네의 가난한 온돌방을 따듯하게 덮혀주었을 연탄 한 장. 우리는 과연 누구에게 한 번이라도 뜨거워 본적이 있을까요? 이쯤되면 시를 해석한다거나, 어떤 의미를 부여한다거나, 이 시에 대해 중언부언 하는 것 자체가 무의미해 집니다. 시는 시인이 언어로 던지는 메시지를 몸으로 느끼면 되는 것이니까요.

많은 시인들이 그렇겠지만 안도현의 시에 대한 순정과 진정성은 유별납니다. '시와 삶이 궁극적으로 완전한 하나가 되지는 못한다 할지라도 거의 하나에 가까워지도록 만들고자하는 그 둥글디 둥근 꿈만은 결코 포기하지 못하겠노라'고 그는 말합니다. 이 세상의 하잘 것 없고 소소한 것들에게 따듯한 서정을 불어 넣어 생명력을 갖게 하는 그는, 이 시대 시의 구도자라 불러도 좋을 듯싶습니다.

저물 무렵

안도현

저물 무렵 그 애와 나는 강둑에 앉아서
강물이 사라지는 쪽 하늘 한 귀퉁이를 적시는
노을을 자주 바라보곤 하였습니다
둘 다 말도 없이 꼼짝도 하지 않고 있었지만
그 애와 나는 저무는 세상의 한쪽을
우리가 모두 차지한 듯싶었습니다
얼마나 아늑하고 평화로운 날들이었는지요
오래오래 그렇게 앉아 있다가 보면
양쪽 볼이 까닭도 없이 화끈 달아오를 때도 있었는데
그것이 처음에는 붉은 노을 때문인 줄로 알았습니다
흘러가서는 되돌아오지 않는 물소리가
그 애와 내 마음속에 차곡차곡 쌓이는 동안
그 애는 날이 갈수록 부쩍 말수가 줄어드는 것이었고
나는 손 한 번 잡아주지 못하는 자신이 안타까웠습니다
다만 손가락으로 먼 산의 어깨를 짚어가며
강물이 적시고 갈 그 고장의 이름을 알려주는 일은
내가 할 수 있는 유일한 자랑이었습니다
강물이 끝나는 곳에 한없이 펼쳐져 있을

여태 한 번도 가보지 못한 큰 바다를

그 애와 내가 건너야 할 다리 같은 것으로 여기기 시작한 것은

바로 그때부터였습니다

날마다 어둠도 빨리 왔습니다

그 애와 같이 살 수 있는 집이 있다면 하고 생각하며

마을로 돌아오는 길은 늘 어찌나 쓸쓸하고 서럽던지

가시에 찔린 듯 가슴이 따끔거리며 아팠습니다

그러던 어느 날 그 애와 나는

누가 먼저랄 것도 없이 입술을 포개었던 날이 있었습니다

잊을 수가 없습니다 그 애의 여린 숨소리를

열 몇 살 열 몇 살 내 나이를 내가 알고 있는 산수공식을

아아 모두 삼켜비릴 것 같은 노을을 보았습니다

저물 무렵 그 애와 나는 강둑에 앉아 있었습니다

그때 우리가 세상을 물들이던 어린 노을인 줄을

지금 생각하면 아주 조금 알 것도 같습니다.

(시집『그대에게 가고 싶다』, 1991)

희미한 옛사랑의 그림자

이틀 째 비가 내리고 있습니다. 애호박 넓은 잎새 위로, 소담한 콩포기 위로 내가 좋아하는 비가 자박자박, 투덕투덕 내리고 있습니다. 꿈 많던 청춘시절 우리들이 단골로 가는 술집이 있었습니다. 학교 담장에 간신히 기대여 기우뚱하게 서 있는 처마 낮은 슬레이트 집.

간판도 없이 유리로 된 미닫이 문에 '할머니 집, 부침개, 라면, 돼지 껍데기, 닭발'이라고 아주 서툰 글씨로 써 있던 그 집은, 우리들 '비마을 사람들'의 아지트이기도 했지요. '비마을 사람들'은 이렇다 할 회칙도, 정기적인 모임도, 회장도 없는 이를테면 되고 말고 한 그런 모임이었는데요, 비 가오는 날이면 모여서 술 마시는 애주가, 혹은 주당들의 모임이었지요.

아침부터 주룩주룩 기다리던 빗님이라도 오시는 날이면 강의고 뭐고 집어치우고 우리들은 하나 둘 씩, 마치 그림자처럼 '할머니 집'에 모여들어 유리창에 부딪혀 흘러내리는 빗줄기를 바라보거나 추적추적, 주룩주룩, 자박자박, 낡은 슬레이트 지붕을 때리는 빗소리를 안주삼아 술잔을 돌리고는 했습니다.

아, 그랬지요. 그 때 우리들은 뚜아에 무아의 약속을, 양희은의 내님의 사랑을, 송창식의 고래사냥을, 정태춘의 시인의 마을을, 김민기의 아침이슬을, 김태곤의 송학사를 꺼이꺼이 부르고는 했지요. 어깨동무를 하고 비틀거리며 악을 쓰다가 누군가는 울기도 하고, 누군가는 고함을 치기도 했으며, 누군가는 주먹다짐을 하기도 했고, 어떤 가난한 사랑이 시작 되여 연탄불 꺼진지 오래 된 자취방의 군용담요 속으로 깃들어 떨리는 입맞춤을 나누기도 했지요.

가난했고, 슬펏고, 외로웠으나 또한 더 없이 부자였고, 행복했으며, 가슴 따듯했던 시절. 그 벗들은 지금 어디에서 무엇을 하고 있는지. 미친 먼지바람 부는 어느 길모퉁이 기름때 얼룩진 목노집에서 쳐진 어깨, 흐려진 눈으로 빛나던 청춘의 한 때를 반추하고 있는 것인지.

오늘 밤도 우리 십 낡은 슬레이트 지붕을 때리는 빗소리를 들으며 행복한 잠속으로 빠져들겠습니다. 모두 아름다우시기를, 더불어 행복하시기를, 누군가를 사랑하시기를.

긍정적인 밥

함민복

시詩 한 편에 삼만 원이면
너무 박하다 싶다가도
쌀이 두 말인데 생각하면
금방 마음이 따뜻한 밥이 되네

시집 한 권에 삼천 원이면
든 공에 비해 헐하다 싶다가도
국밥이 한 그릇인데
내 시집이 국밥 한 그릇 만큼
사람들 가슴을 따뜻하게 덥혀줄 수 있을까
생각하면 아직 멀기만 하네

시집이 한 권 팔리면
내게 삼백 원이 돌아온다
박리다 싶다가도
굵은 소금이 한 됫박인데 생각하면
푸른 바다처럼 상할 마음 하나 없네

(시집 『모든 경계에는 꽃이 핀다』, 1996)

김이 모락모락 나는 따뜻한 밥 한 상 같은 시

함민복은 전업시인, 즉 시를 써서 먹고 사는 사람입니다. 어느 날 시인은 시를 써서 받는 댓가, 즉 고료에 대해 생각하게 됩니다. 처음에는 그 댓가들이 자신이 시를 쓰는데 투자한 공력功力에 비해 너무 '박하고 헐하다'고 생각합니다.

그러나 시인은 그 댓가들로 살 수 있는 음식들, '쌀, 국밥, 소금'등을 떠올리며 그 대가가 결코 적은 것이 아니라는 사실을 깨닫게 됩니다. 보잘 것 없는 작은 돈이라고 생각했던 것들이 '따듯한 밥'이 될 수 있고 추운 날씨에 마음까지 녹여 줄 '국밥 한 그릇', 혹은 '소금 한 됫박'이 될 수도 있다는 생각에 미치게 됩니다.

이 시에서 말하는 밥과 국밥, 소금은 단순히 물질적인 의미보다 세상사람들의 마음을 채워주고 따뜻하게 만들어 주는 그 무엇이 이 될 수 있을 것입니다. 여기에 이르러 시인은 오히려 자신이, 자신의 시가 그것들만큼 이 세상에 기여 했는가를 생각하며 부끄러워합니다.

시를 써 생계를 유지하는 가난한 생활속에서도 세상을 바라보는 따듯하고 맑은 시인의 삶이 오롯이 만져지는, 김이 모락모락 나는 따뜻한 밥 한 상 같은 시입니다.

눈물은 왜 짠가

함민복

    지난 여름이었습니다 가세가 기울어 갈 곳이 없어진 어머니를 고향 이모님 댁에 모셔다 드릴 때의 일입니다 어머니는 차 시간도 있고 하니까 요기를 하고 가자시며 고깃국을 먹으러 가자고 하셨습니다 어머니는 한평생 중이염을 앓아 고기만 드시면 귀에서 고름이 나오곤 했습니다 그런 어머니가 나를 위해 고깃국을 먹으러 가자고 하시는 마음을 읽자 어머니 이마의 주름살이 더 깊게 보였습니다 설렁탕집에 들어가 물수건으로 이마에 흐르는 땀을 닦았습니다

"더울 때일수록 고기를 먹어야 더위를 안 먹는다 고기를 먹어야 하는데…… 고깃국물이라도 되게 먹어둬라"

    설렁탕에 다대기를 풀어 한 댓 숟가락 국물을 떠먹었을 때였습니다 어머니가 주인아저씨를 불렀습니다 주인아저씨는 뭐 잘못된 게 있나 싶었던지 고개를 앞으로 빼고 의아해하며 다가왔습니다 어머니는 설렁탕에 소금을 너무 많이 풀어 짜서 그런다며 국물을 더 달라고 했습니다 주인아저씨는 흔쾌히 국물을 더 갖다 주었습니다 어머니는 주인아저씨가 안 보고 있다 싶어지자 내 투가리에 국물을 부어주셨습니다 나는 당황하여 주인아저씨를 흘금거리며 국물을 더 받았습니다 주인아저씨는 넌지시 우리 모자의 행동을 보고 애써 시선을 외면해 주는 게 역력했습니다 나는 그만 국물을 따르시라고 내 투가리로 어

머니 투가리를 툭, 부딪쳤습니다 순간 투가리가 부딪치며 내는 소리
가 왜 그렇게 서럽게 들리던지 나는 울컥 치받치는 감정을 억제하려
고 설렁탕에 만 밥과 깍두기를 마구 씹어댔습니다 그러자 주인아저
씨는 우리 모자가 미안한 마음 안 느끼게 조심, 다가와 성냥갑만 한
깍두기 한 접시를 놓고 돌아서는 거였습니다 일순, 나는 참고 있던 눈
물을 찔끔 흘리고 말았습니다 나는 얼른 이마에 흐른 땀을 훔쳐내려
눈물을 땀인 양 만들어놓고 나서, 아주 천천히 물수건으로 눈동자에
서 난 땀을 씻어냈습니다 그러면서 속으로 중얼거렸습니다

  눈물은 왜 짠가

(시집『모든 경계에는 꽃이 핀다』1996)

따듯한 가난

함민복, 그는 가난한 시인입니다. 그러함에도 불구하고 그의 가난은 춥고 배고프고 구차스런 가난이 아니라 왠지 '사람들 가슴을 따뜻하게 덥혀줄 국밥 한 그릇'같은, 혹은 다른 사람에게 위로가 되는 '따듯한 가난'의 느낌이 드는 건 아마도 그가 가지고 있는 '따듯한 마음과 긍정의 힘'이 아닐지 모르겠습니다.

아들에게 설렁탕 국물을 조금이라도 더 먹이고 싶은 어머니의 마음과 그 앞에서 안절부절 못하는 아들, 그런 '모자의 행동을 못본 척 애써 시선을 외면해주는' 국밥집 주인아저씨의 마음이 아름답게 묘사되고 있습니다.

'고깃국물이라도 되게 먹어둬라'는 어머니의 짠한 마음은 우리 모두의 어머니들의 마음이 아닐지요.

늦게 온 소포

고두현

밤에 온 소포를 받고 문 닫지 못한다.
서투른 글씨로 동여맨 겹겹의 매듭마다
주름진 손마디 한데 묶여 도착한
어머님 겨울 안부, 남쪽 섬 먼 길을
해풍도 마르지 않고 바삐 왔구나.

울타리 없는 곳에 혼자 남아
빈 지붕만 지키는 쓸쓸함
두터운 마분지에 싸고 또 싸서
속엣것보다 포장 더 무겁게 담아 보낸
소포 끈 찬찬히 풀다 보면 낯선 서울살이
찌든 생활의 겉꺼풀도 하나씩 벗겨지고
오래된 장갑 버선 한 짝
해진 내의까지 감기고 얽힌 무명실 줄 따라
펼쳐지더니 드디어 한지더미 속에서 놀란 듯
얼굴 내미는 남해산 유자 아홉 개.

'큰 집 뒤따메 올 유자가 잘 댔다고 몇 개 따서
너어 보내니 춥울 때 다려 먹거라. 고생 만앗지야
봄 볕치 풀리믄 또 조흔 일도 안 잇것나, 사람이
다 지 아래를 보고 사는 거라
어렵더라도 참고
반다시 몸만 성키 추스르라'

헤쳐놓았던 몇 겹의 종이 다시 접었다 펼쳤다 밤새
남향의 문 닫지 못하고 무연히 콧등 시큰거려 내다본 밖으로
새벽 눈발이 하얗게 손 흔들며 글썽글썽 녹고 있다

(시집『늦게 온 소포』, 2000)

우리 모두 어머니의 '콧등 시큰거리는' 안부

　어느 겨울 밤, 늦게 도착한 시골 어머니의 소포 . 시인의 고향 남해의 유자를 '두터운 마분지에 싸고 또 싸서' 보낸 유자 아홉 개. 서투른 글씨로 침 발라 꾹꾹 눌러 쓴, 어머님의 겨울 안부. 울타리도 없는 곳에 혼자 사시면서 빈 지붕만 지키는 어머니에 대한 애틋한 그리움에 '밤새 남향의 문 닫지 못하고' 있습니다.

　'고생 만앗지야 봄 볕치 풀리믄 또 조흔 일도 안 잇것나. 사람이 다 지 아래를 보고 사는 거라 어렵더라도 참고 반다시 몸만 성키 추스르라'

　10여 년 전, 어느 추석 날. 어머니가 계신 고향집에 갔습니다. 초등학교 1학년 때 돌아가셔서 부자父子간의 살뜰한 정은 커녕 얼굴조차 기억나지 않는 아버지 산소 성묘 보다는, 이제 살아야 얼마나 더 사실까 싶은 어머니 얼굴을 한 번이라도 더 보겠다는 생각에서 였겠지요. 두어 달 전부터 시름시름 자리보전을 하시던 어머니께서 이례적으로 윗마을 살고 있는 누나집으로 저와 아내를 불렀습니다. 누나와 매형, 출가 한 조카들까지 모두 밖으로 내보내신 당신께서는 누비치마 속 몸뻬 주머니에서 노끈으로 동여 맨 고무봉지를 꺼내시더니 만원짜리와 오천원짜리, 천원짜리를 따로 따로 반으로 접은 돈 210만원을 아내에게 건넸습니다.

'이게 내가 늬들에게 주는 마지막 돈이다. 을매 되지 않지만 살림에 보태쓰거라. 저거 아무지 죽고 즤 형들은 다만 을매씩이래두 땅 뙈기를 나눠가졌지만 저거는 어린나이라 암 것도 차지가 못 돌아갔다. 변변히 가르치지도 못하고, 월셋방 겨우 얻어 장가라고 보내고 이날 입때까지 한 시도 가슴 펜한 날이 없었다.'

굽은 허리로 동네 허드렛 품을 팔아 큰 며느리 눈치 보며 한 푼 두 푼 모았을 그 돈, 이 참 저 참 내려온 딸들이 담뱃값, 소주값 하시라고 용채로 주고 간 푼 돈을 아마도 평생 모았을 그 돈 210만원.

어머니는 끝내 그 해 가을을 넘기지 못하시고 살아생전 하시던 넉두리처럼 '춥지도 덥지도 않은 햇살 바른 가을 날' 주무시듯 그렇게 편안히 돌아가셨습니다.

'겹겹의 매듭마다 주름진 손마디 한데 묶여 도착한 어머님 겨울 안부'는 비단 시인 어머니만의 안부가 아니라, 우리 모두 어머니의 '콧등 시큰거리는' 안부이며 마음은 아닐지요.

지금 이 글을 쓰는 성탄전야의 밤, 정말이지 우연찮게도 '새벽 눈발이 하얗게 손 흔들며 글썽글썽 녹고' 있습니다.

제4장
나의 삶, 나의 시

적막강산

이틀 밤 사흘 낮을
내리 쏟아 붓는 폭설로
하루 다섯 번
읍내 가는 신작로길
두절된지 오래 됐고
전화마저 불통된 골방에
웅크리고 앉아서
쥐오줌 얼룩진 벽천장의
사방연속무늬만 대책없이
헤어보며,

그리운 사람에게는
소식 한 자락 없는데
돈도 되지 못하는
생똥 같은 시나 짓무르면
대체, 뭘 하나

텅빈 겨울산,
바람 찬 들판 가로질러
훨훨 손 흔들며 날아가는
텃새 떼...

-졸시 「적막강산」 전문

거처를 모르는 적막함과 막막함

산山, 사계四季의 산 중에서도 저는 유독 겨울산을 좋아합니다. 연초록 봄 산, 신록의 여름 산, 절정의 가을 산, 모두 좋지만 저는 텅 빈 겨울 산의 그 적막하고 막막함을 좋아합니다.

겨울산-

줄 것 모두 내주고, 버릴 것 전부 버리고, 단촐한 몸으로 긴 여행 떠나는 적막하고도 막막한 겨울산. 눈덮힌 겨울산의 그 황량한 아름다움과 동짓달 한 밤중 내설악 한계령을 벼락처럼 달려 온 바람소리에 우우 떨고 있는 나뭇가지들의 부딪힘 소리. 쌓인 눈의 무게를 못 이겨 뚜욱 뚝, 부러지는 설해목雪害木소리.

뼛속까지 스미는 외로움에 진저리 치며 잠 못 이루고, 부칠 곳 없는 편지를 쓰고 또 쓰는 그 밤의 적막하고 막막함을 사랑하기 때문입니다. 그러한 쓸쓸함과 적막함이 내 지나온 삶의 전부였으며, 지천명知天命을 지나는 지금도 마찬가지이고, 앞으로도 크게 변하지 않을 것입니다.

거처居處를 모르는 적막함과 막막함, 그러한 제 삶을 부등켜 안고 그렇게 살아 갈 것입니다.

그해 여름
-도리村

도리천가 흐드러진 산나리, 패랭이꽃 위로 뼛속까지 보이는 맑은 햇살은 지천으로 쏟아졌고, 철 이른 고추잠자리 한 마리 쑥대며 개망초 무성한 뜰방 앞 묵정밭에 쑥스럽게 날아다니다가 새마을 운동 때 지었다는 마을회관 삭아내린 슬레이트 지붕위로 훨훨 날아갔다.

버들치 어름치 사라진지 오래된 강물엔 더러운 물때들이 물풀처럼, 찢어 발겨진 깃발처럼 너울거리고 이따금 등 굽은 피래미 몇 마리 허옇게 눈 뒤집어 쓰고 둥둥 떠내려갔다. 농약 중독이라던가, 퉁퉁 부은 몸 이끌고 겨우내 춘천 대학병원에 드나들던 능앞머리 성복아재는 아홉 수壽 못 넘기고 그예 칠성고개 마을 공동묘지에 고단한 몸 뉘일, 평 가웃도 안되는 유택하나 장만하였는데, 식어 버린 방구들에는 어느새 쥐들이 일가를 이루었는지 풀방구리로 들랑거리고 다 떨어진 쪽문 덜컹거리는 행랑채 담벼락에는 주인 잃은 농구農具들이 애닳게 녹슬어 가는데, 해거름녘, 애호박 썰어 넣고 뚝뚝 손수제비 떠먹던 툇마루 벽시계는 언제 보아도 썰렁한 3시 50분이다.

술 권하지 않는 사회, 술 마실 그럴듯한 명분도 없는 당당한 문민정부 시대에 국제경쟁력과 세계화와 상관없이 우리들은 늙은이처럼 굼뜨게 막걸리 잔이나 비우면서 쿨럭이는 잔기침 너머 햇볕 꺼져가는 마당 모퉁이 한 줄기 바람소릴 그저 막막하게 듣고만 있었다.

앞산 산그늘에 뻐꾸기 피울음은 진종일 진탕이고.

-졸시「그해 여름」전문

저 햇살과 바람과 들꽃과 더불어

　봄 햇살 짠하게 좋은 지난 주말, 월학月鶴이라고 하는 이름도 이쁜 마을에서 농사를 지으며 만화를 그리고 있는 형님 집에 다녀왔습니다. 그곳에는 마을 앞을 휘돌아 가는 '도리천'이라는 냇강이 있는데요, 금강산 골짜기에서 흘러온 물과 우리나라 최초로 국제 람사조약 습지 보호지역으로 지정된 대암산 용늪에서 시작한 물이 만나서 이룬 작은 강입니다.

　구불구불 끊어질 듯 이어지는 이 강은 이제 우리 땅에서도 좀처럼 만나기 어려운 몇 안되는 사행천蛇行川의 하나지요. 마을회관 구판장에서 막걸리를 한 통 사서 쉰내가 물씬 풍기는 열무김치를 안주로 들꽃들 무연히 흔들리는 도리천 둑방에 앉아 한 잔 했습니다.

　오월, 이리저리 둘러보아도 오월은 언제나 무량하기만 합니다. 계절을 가로 질러 흐르는 도리천과 신록으로 가득 찬 내설악 등성이를 바라보노라면 마음은 가없이 맑고 청신해져서 저홀로 감동에 젖어 눈시울 붉어집니다.

　이제 봄이, 그 사연 많던 봄이 가려나 봅니다. 저만치 바람에 일렁이는 튼실한 보리밭 이랑을 따라 봄이 무너져 내리고 있습니다. 봄내 노란꽃을 피워 자잘한 기쁨을 안겨주었던 민들레는 덧없이 꽃씨를 풀풀 날려 보내고, 하얀 개망초며 토끼풀꽃, 홍자색 자운영, 패랭이꽃이 지천으로 피어 꿈결처럼 하늘거리고 있습니다.

들꽃, 언제 한 번 스스로를 꽃이라고 내세워 본적 없는 꽃. 화려함, 아름다움과는 애시당초 거리가 먼, 꽃이라 하기엔 너무나 흔해서 그냥 지나쳐 버리기 십상인 꽃들. 누구 하나 따듯한 눈길 한 번 안 보내도 때 되면 꽃피우고 철 되면 제 스스로 몸 풀어 이 땅 곳곳 낮은 곳으로 임하는 꽃들.

참 맑은 햇살에, 무심하게 피어있는 들꽃들의 아름다움에, 이따금 불어오는 강바람에, 무엇보다 한 잔의 술에 마음까지 얼큰했던 하루였습니다. 그래서 세상은 그런대로 살 만한 거라고, 그럭저럭 이만하면 되지 않겠느냐고, 마음을 다독이며 선홍빛 노을 부서지는 강변으로 정희성의 「저문 강에 삽을 씻고」를 흥얼거리며 집으로 돌아왔습니다.

저 햇살과 바람과 들꽃과 더불어 두루 행복하시기를...

남촌집

-서화별곡 · 4

알 만한 사람들은 다 알 것이구먼요

이래봬도 그 때 '태평양홀' 미스송 하면

이 바닥에선 끝내 줬지

-오작교에서 만나 진고개서 한 잔 꺾고

태평양에 풍덩한다고-

그야말로 한국의 라스베가스 아니겠수

탱탱한 이등병, 싱싱한 밥풀데기 한 개 짜리 전입신고부터

말년 병장 굿바이 뒤집기 한 판 신고까지

아마 내 배를 타고 간 병력만 해도

일 개 사단은 넘을 것이구먼요

이름도 그럴듯한 '산너머 남촌집'

작년도 성탄절에 걸어 놓은 깜박이 점멸등은

먼지 뒤집어 쓴 채 아직 작동 양호하고

연탄 화덕 석쇠 위에 닭똥집이 다 타들어 가는데

명예로운 만기 전역하신 예비역 김상사의 머리는

희끗희끗 밤이 깊어 가고

사랑에 울고 돈에 속는 게 인생이라며

생떼 같은 돈 천 만원 사기쳐 도망 간

탱크부대 김중사의 얘기 끝에
막잔 서둘러 털어 넣고 진저리 치는
우리들의 아줌마 송마담의 눈에는
늦겨울 뽀얀 밤안개가
이슬처럼 꿈길처럼 피어납니다.

그대들, 천도리를 아시는가?

　인제군 서화면 천도리. '인제가면 언제 오나 원통해서 못 살겠네' 로 유명한 '원통리' 에서 칠성고개 넘어 북으로 곧장 30분 내쳐 달려 비득고개 모퉁이 돌아서면 만나게 되는 민통선 마을입니다.

　하늘에서 복숭아가 떨어져 부자동네가 됐다는 천도리天桃里. 대부분의 민통선 마을이 그러하듯 천도리 역시 군인들을 상대로 먹고 살던 곳으로, 20여 년 전까지만 해도 '동부전선의 라스베가스'라고 할 정도로 경기가 활발했던 곳입니다. 면민 전체가 불과 3천 여명 밖에 되지 않는 작은 산마을이지만 육군 12사단과 2사단 약 2만여 명의 병력이 주둔하고 있는 곳으로 한 때 그들을 상대로 한 술집, 다방, 식당이 무려 50여개에 이르고 종업원 수만 해도 300여명에 이르렀던 곳입니다.

　오작교와 진고개, 태평양홀을 비롯하여 왕다방, 정다방, 서울여관, 일미횟집, 우정의 무대 등은 이른바 천도리 경제를 이끌었던 왕년의 간판들 이었습니다. 그 시절 다방과 술집은 천도리 문화의 한 상징이 었습니다. 그 중에서도 왕다방은 전군全軍에서 알아 줄 정도로 유명했습니다. 외출, 외박 나온 병사들이 꼭 들러 가는 '방앗간'이었습니다. '미쓰 킴 여기까지 어떻게 왔어?'

'유관순 언니처럼 조국을 위해 싸우려구요.'

'후후후...워뜨케?'

'전쟁이 나면 까짓 적 1개 사단쯤은 다리가 풀려 싸우지도 못하게 할 수 있다구요.

　깔깔깔...'

　그 시절 질펀했던 농은 이젠 들을 수가 없습니다. 다방이 있던 자리에 대신 피씨(PC)방이 들어섰습니다. 디지털 시대 신세대 장병들은 '정성과 돈'을 들여야 하는 다방 누나와의 아날로그식 연애보다는 빠르고 폭넓은 인터넷을 더 선호했기 때문입니다.

　지금 천도리를 지키고 있는 대부분은 원주민보다 군 생활하다 눌러 앉은 제대 군인들과 실향민, 술집이나 다방을 전전하다 둥지 튼 사람들입니다.　한때 '동부전선의 라스베가스'로 번창했던 천도리의 신화도 화려한 기억의 저편으로 사라졌습니다. 한 집 건너 한 집이 다방이고 술집이었던 호시절, '마대자루에 돈을 쓸어 담았다'던 천도리의 영화는 이제 한 때의 신화처럼 구전으로 전해질 뿐입니다.

　그렇다고 천도리가 다 사라진 건 아닙니다. 한 시절 전선의 라스베가스로서 명성은 잃었지만, 여전히 이곳을 지키고 살아가는 '예비역 김상사'와 우리들의 아줌마 '남촌집 송마담'에게는 여전히 빛나던 한 때 사랑이 남아 있는 삶이 터전이며, 청춘의 한 페이지를 묻고 떠난 많은 젊은이들에게 마음의 라스베가스로 남아있을 것입니다.

　네온사인 화려했던 불빛 대신 희미한 가로등이 아름답고 빛나던 한 시절을 '이슬처럼 꿈길처럼' 반추하고 있습니다. 겨울 밤 깊어 갑니다.

난곡동 일기
-이삿짐을 싸며

몽땅 해봐야
봉고트럭 한 대 분도 안 되는
허재비 같은 피난 살림이지만
기울어진 담장너머 바람은
시원하게 넘나드는데 어머니,
평생 동안 삭혀 두었던 그 시름
이제는 쭉쭉 찢어 버려도 그만
괜찮을 거예요.

누우면 흥부네 같은 우리집이지만
창문 열면 논두렁 타고 넘어온
개구리 울음소리 와글와글
무너지는 양짓말 무논에 별빛은
무더기로 쏟아져 내리고
한길 건너 조금 참이면 흘러흘러
한 평생 낮게만 살아 온
반짝, 놀빛 부서지는
저녁강도 있는데요,

무엇을 더 바라겠어요. 어머니,

빼앗김도 짓밟힘도 맨살 깊숙히 스미는
외로움도 스러지는 햇살에 몸 뉘이고
하얗게 이울어 오는 꿈과 터질 것 같은
우리들 이 땅위에서의 사랑, 이젠
펼쳐보기로 해요. 아까적
윤성이놈 마른 버짐꽃 핀
시든 얼굴로 이 골목 저 고샅길을
폴짝거리며 자랑하고 다니던
그 여린 그림자를 보셨나요.

가슴 하나 가득 눈물을 담고
잊기 위해,
아쉬움 하나 없이 술 섞인 한숨으로
이제 쉽게 잊는 일만 남았다고
봄 햇살 맑은 한낮 이삿짐을 싸며,

오늘따라 운전기사 아저씨의
이즈러진 조가악달 강물소리도 드높은 건
그래요. 어머니,

우리의 가슴에도 봄이 온건 아닐까요
지난밤 기다리다 지쳐 쉽게 포기 해 두었던
우리들의 봄을 이제야 만나게 되는 건
아닐까요, 징말 아닐까요.

-졸시 「난곡동 일기」 전문

봄 햇살 맑은 한낮 이삿짐을 싸며

　유난히 눈이 많이 내렸던 지난겨울, 제가 살고 있는 산읍山邑의 문화원에서 작은 사진전이 있었습니다. 내설악에 칩거하며 묵묵히 작품활동을 하고 있는 한 작가의 개인전 이었습니다. 언론의 화려한 조명도 받지 못 했으며, 비좁은 전시공간에서 어찌 보면 초라하기 까지 한 전시회였지요. 그러나 사진에 대해 문외한인 제게 참으로 많은 것을 생각하게 해 준 전시회였습니다.

　작가 김시래의 사진들은 곧 '인간 삶의 이야기' 였습니다. 그는 이십여 년간 이 땅의 뿌리 뽑힌 삶을 살아가고 있는 힘없고 서러운 사람들의 모습을 담아내고 있었습니다. 그러함에도 불구하고 그 흑백 사진들은 결코 슬프거나 우울하기만 한 것은 아니었습니다. 오히려 그들은 건강했고 희망에 차 있었던 것 같았습니다.

　사진의 속성이 미술과의 근접성을 유지하고 있다면 그의 작품들은 사진의 형태를 빌린 아름다운 '시'에 가깝다고, 저는 감히 생각했습니다. 절제된 화면과 세심한 감정표현의 이면에는 들끓는 말과 서사적 메세지가 담겨져 있었습니다. 문학이, 음악이, 영화가, 모든 예술의 장르가 그러하듯 결국 사진도 렌즈를 통하여 '사람의 마음'을 그려내는 일이 아닐까라는 생각을 가져 보기도 했습니다.

'난곡동 일기'라는 제목을 달고 있는 사진 앞에서 몇 번이고 심호흡을 하며 머물고는 했습니다. 전시 마지막 날, 작품 철수를 도와주고 몇몇 지우들과 함께 족발에 소주를 한 잔하고 돌아와서 끄적거려 본 졸시 입니다. 후줄근한 이 한 편의 시가 어찌 그 작품이 담고 있는 수많은 메시지와 울림과 감동을 감히 발뒤꿈치나 건드리겠습니까 마는.

파 장

빛바랜 천막지 펄럭이는
차일 아래, 파리똥 닥지닥지 앉은
삼십촉 백열등 가물가물
흔들리고 국방색 때 절은
돈주머니 위로 궁싯,
사월 바람 스쳐 가는데
아아, 마냥
마냥 취할 순 없지 파장,

본전 아쉬운 시장바닥 돌아보며
순대국물 얼룩진 목로에 앉아
손때 절은 천 원짜리 침 발라
세고, 또 세면 뭣하나
육성회비 보채던 막둥이 금동이놈
달덩이 같은 얼굴이 막걸리 잔에
흔들리고 후즐근한
지폐 몇 장으로 남은
아우성 벅적대던 시장바닥은
싸구려 테이프 장사 김씨 리어카의

반짝, 카바이트 희미한 불빛 한 점
그리움으로 일렁이고,

이 잔 들고 나면
서화가는 막차가 아슬아슬
시동 켜고 있을 텐데
두마안강 푸른 물에 노젓는 뱃사아공, 구성진
젓가락 장단 분위기 잡혀가는 장터국밥집

-졸시 「파장」 전문

오일장 이야기

오늘은 닷새마다 서는 읍내 오일장五日場을 다녀왔습니다.

우리에게 있어서 장場은 단순하게 물건을 사고파는 경제적인 의미뿐만 아니라,오랫동안 만나지 못했던 이웃마을의 친구들을 만나기도 하고, 정보를 주고받는 나눔의 자리이기도 했으며, 혼담이 오가기도 하여 전통사회에서 장권場圈은 혼인권婚姻圈과 같기도 했지요.

뿐만 아니라, 여흥을 돋우는 씨름판이나 경향각지의 놀이꾼들이 모여들어 재주를 부리기도 하여 훌륭한 볼거리와 함께 농촌사회 축제날이 되기도 했지요. 따라서 오일장은 서민들의 삶의 애환을 담고 있으며, 그 지역의 문화를 담고 있는 소중한 현장이라고 할 수 있습니다.

산업사회로 들어서면서 영욕榮辱을 함께 했던 우리의 전통 오일장도 많은 변화를 가져왔고, 과거의 그 화려했던 명성은 어쩔 수 없이 세월 저편으로 등 떠밀려 이제는 겨우 명분만 유지 할 뿐입니다. 제가 살고 있는 내설악 오일장도 예외는 아니어서 삐까번쩍한 대형 슈퍼마켓이나 현대식 마트에 밀려 날로 쪼그라들고 있는 형편이지만, 그래도 저는 오일장이 서는 날이면 이런저런 핑계를 내서 장터를 한 바퀴 도는 게 산촌에 사는 작은 재미이고 취미이기도 합니다.

장터 이곳저곳 기웃거리며 괜히 값을 물어보기도 하고, 장돌뱅이 20년에 아들 둘 모두 서울의 '큰 대핵교'를 보냈다는 올챙이국시 아줌마의 좌판에 쭈그리고 앉아 한 그릇에 이천 원하는 국수를 시켜 놓고 시큼한 열무김치를 얹어 후룩후룩 마시며 아줌마와 너스레를 떨기도 하고, 김이 모락모락 나는 손 두부에 풋고추 썰어 넣은 양념간장을 듬뿍 얹어 낯익은 얼굴들을 불러 모아 막걸리를 한 잔 하는 재미 때문이기도 하겠지요.

　그러나 뭐니뭐니 해도 제 눈길을 끄는 것은 겨우내 땅속 깊이 묻어 두었던 감자 몇 알, 사랑방 시렁에 걸려 있던 메주 두 어장, 혹은 된장에 박아 두었던 오이며 곰취짱아치 등속을 펼쳐놓고 양지쪽 담벼락에 기대어 만사태평하게 졸고 있는 할머니들의 모습이었습니다. 다 팔아 봐야 돈 만원 어치가 될까말까 한 물건들을 고만고만하게 펼쳐 놓고 있는 할머니들은 아마도 돈을 벌기보다는 햇살 좋은 봄날 나들이라도 하는 기분으로, 읍내 구경이라도 할 양으로 나온 듯 싶습니다.

　낯이 익은 몇몇 장꾼들과 눈인사를 나누고 겨우내 뵐질 않던 점봉산 약초꾼 정씨와 춥고 긴 겨울을 보낸 산마을 소식을 나누며 막걸리를 한 잔 하고 어물전에 들러 내가 좋아하는 간 고등어 한 손과 두릅나물을 사 가지고 집으로 돌아 왔습니다. 고등어는 무를 숭숭 썰어 넣고 지지고, 새콤달콤한 초장을 만들어서 두릅나물과 막걸리를 한 잔 더 해야겠습니다.

가난한 우리 이웃들의 삶의 애환, 그들의 활기찬 날개짓 소리와 희망이 있는 곳. 우리 땅 곳곳에 남아 있는 오일장을 돌며 그들의 삶의 소리와 숨결을 어눌한 제 글로 담아보겠다는 생각을 감히 해봅니다.

내린천 戀歌

1. 내린천 사람들

술도 잠도 다 깬
오밤중에 쓰린 속 타는 가슴
냉수 한 사발로 깨어나서
달빛 시려운 봉창문 열고
툇마루에 나와 보니
보름달은 하냥 좋아서 고샅길을
밝히는데 이 밤도 저 강은
청청히 흘러,
흘러서 가는구나.

인제 땅, 자갈 많고 설움도 많은
땅에 코박고 사는 서럽디 서러운
농투사니로 태어나서
소똥처럼 밟히면서도
비명 한 번 안 지르고 조상 대대로
대물림한 가난을 타박도 하지 않고
따비밭 몇 뙈기 보태기 위해

오뉘월 삼복더위에도 열 손가락은
참나무 잉걸처럼 갈라 터졌지,
허기져 일어서다 넘어져도
놓지 못한 한 움큼 찔레순들이
찔레꽃으로 몇 십번이나 피었다 지고
눈물로 따먹던 참꽃더미 울울한
저 산과 강길 굽이굽이 채이던 설움,
저 강물은 또 얼마나 아득히 흘러 흘러서
천리만리 떠났겠느냐.

예나 지금이나 가난은
가난으로 고단하게 남아 있지만
조상님네 뼈가 묻힌 이 땅은
떠날 수 없는 땅이구나,
자식놈들 태를 묻은 이 땅은
버릴 수 없는 땅이구나,

보름달은 하냥 밝아서
봉당가득 밝히는데

깡마른 앙가슴마다 불지피는
내린천 사람들.

 2. 합의서에 도장 찍고

열 사나흘 남짓 남은
정월 대보름, 이 설 세고 나면
이제 어디론가 가야 한 대요.
마을회관 담벼락에 갈겨 써 놓은
댐 건설 결사반대 투쟁 구호는
반짝, 겨울 햇살에 아직도 쟁쟁한데
저기 가마봉 너머로
하루해가 구불텅 기울어 갈 때
밥 짓는 연기 서리서리 머리를 풀면
안개처럼 초가지붕 덮기도 하고
꿈길처럼 당산나무 휘어 감기도 하는
그림 같은 우리 동네,

깔 망태기 한 짐 그득 짊어지고
지개목발 장단 맞춰
흙에 살리라, 콧노래도 흥겨웁던

양짓말 뒷버덩 남겨 두고
이 설 세고 나면
어디로들 가야 한 대요.

메밀국수 눌러 먹던 사랑방에는
시렁 위 메주덩이 갈라진 골짝마다
허연 꽃을 피우고 꼬시랑한
당신의 늙은 냄새 아직도 서러운데,
조상님네 유택은 또 어찌하고요,
텃밭가 엉켜 쓰러진 방동사니 쑥대머리위로
잔설만 심란한 이 삼동에
부지깽이 꽂을 땅 한 뙈기 없이
삐걱대는 허재비 몸둥아리로
허위허위 어디로들 가야 한대요.

-졸시 「내린천 戀歌」 전문

내린천 사람들

양지녘에서 조는 어미소와 송아지, 눈 덮인 겨울 논, 흙담 옆의 장작더미, 띄엄띄엄 서 있는 농가들의 굴뚝에서 가늘게 피어오르는 저녁 연기, 이곳이 내린천 사람들이 사는 눈물겹도록 아름다운 마을입니다.

1997년 그해 봄, 봄갈이를 위해 살을 한껏 부풀리고 있는 들판이 따시한 햇살 듬뿍 받고 기지개 펼 무렵, 보온 못자리를 서둘러 마치고 밭농사 채비에 한창 바쁘게 돌아갈 즈음 흉흉한 소문이 조용한 산골마을을 온통 술렁이게 했습니다.

이곳 내설악 인제에는 '내린천'이라는 이쁜 이름을 가진 강이 있습니다. 홍천군 내면에서 발원한 내린천은 인제를 지나 양구와 화천에서 흘러 온 물줄기와 합수하여 소양강을 이루고, 양수리에서 남한강과 몸을 섞어 한강의 본류가 되는 강입니다.

내린천 일대의 점봉산과 방태산은 백두대간의 등줄기이며 북방식물과 남방식물이 교차하는 곳으로 생태학적으로 보존가치가 높은 산이라고 합니다. 생태학자들은 내린천 일대를 두고 '세계의 허파가 아마존이라고 한다면 한반도의 허파는 내린천이다'라고 했고, '무주구

천동 열 개와도 바꿀 수 없을 만큼 보존 가치가 높은, 한반도 유일의 생태계 보고寶庫이며 신이 내린 천혜의 땅'이라고도 합니다.

그곳 내린천에 댐을 건설한다는 소문이 퍼지기 시작했습니다. 지반 조사와 타당성 조사를 마치고, 기본 설계까지 끝낸 상태라는 얘기를 듣고 주민들이 '오뉘월 못자리에 개구리 끓듯' 들끓었습니다. 비단 환경문제만이 아니라 무엇보다 그곳은 조상들의 뼈가 묻힌 곳이었고, 자식놈들 태를 묻은 땅이며 언젠가는 묻혀야 할 고향이었던 것입니다. 내린천은 그곳에 발 담그고 사는 가난한 사람들의 몸과 마음속으로 흐르는 강이었던 것입니다.

우리 모두에게 그 강은 꿈이었고, 하늘이었으며, 삶의 터전이었던 셈이지요. 평생을 돌팍처럼 채이면서도 수굿하니 시키면 시키는 대로, 주면 주는 대로 풀같이 선하게 살아 온 농투사니들이 붉은 머리띠를 질끈 동여매고 쇠못 박힌 투박한 손을 휘두르며 난생 처음 데모란 걸 했습니다.

그렇습니다! 자연은 '삶' 그 자체입니다. 우리가 자연의 일부임을 포기한다면 그것은 삶을 포기하는 것과 같습니다. 우리는 개발이라는 미명아래 우리 땅, 우리 강산을 얼마나 황폐하게 만들어 놓았는지 이미 뼈아프게 절감했습니다. 우리의 삶의 터전이 수장되고 천혜의 자연환경을 죽음으로 몰아넣는 댐건설을 우리는 단연코 거부 할 수밖에 없었던 것입니다.

오늘, 춥고 긴 겨울을 너끈히 견뎌내고 연초록 나뭇잎들을 이쁘게 피워 올리고 있는 내린천 일대를 돌아보며 다시 한 번 가슴 뿌듯해졌습니다.

■ 군말

적막강산에서 부르는 사랑 노래

■ 유년의 뜰 - 메밀빛깔의 가난

몇 떼기 다랑이 논과 따비밭에서 농사를 지으시던 부친과
마옥산, 서낭골 등에서 철따라 나물이며 약초를 캐거나
싸락눈 치는 동짓밤이면 남폿불 아래 가마니를 짜서 읍내 장에
내기도 하며
평생을 소처럼 살아왔던 모친과의 4남 4녀 중 막내로 태어난 저는
끝없이 펼쳐지는 메밀 빛깔의 가난이 성장기의 삶이었습니다.

청운의 뜻을 품고 안양으로 유학했으나
먹고 잠자는 문제에 전전긍긍,
동가식서가숙하며 학교를 다녔습니다.
연탄불 꺼진지 오래된 자취방에서
군용담요 덮어쓰고 라면을 끓여 먹으며
남루한 내 삶과 비슷한 처지의 많은 이웃들을 보며
이 사회의 구조적인 문제에 대해 고민하면서
철이 들어갔습니다.

서울 한 복판에서는 연일 화염병과 최루탄이 펑펑 터지고
박정희 군사독재 타도를 외치는 시위 군중의 화면이
9시의 톱기사로 다루어지던 70년대 중반,

우연한 기회에 읽은 신경림의 『농무』는 내게 신선한
충격을 주기에 충분했습니다.

 시라고 하면 으레히 사랑이 어떻고, 이별이 저렇고
그저 배부른 사람들의 사랑타령이거나 음풍영월 정도로만 생각했던
나는
경이驚異에 가까운 감동으로 가슴 떨었던 기억이
아직까지 먹먹하게 남아있습니다.
아마도 이때부터 마른먼지만 풀풀 날리던 깡마른 앙가슴에
가당찮게도 시에 대한, 문학에 대한 꿈을 키워 왔는지도 모르겠습니
다.

■낙향 - 들꽃들 무연한 내린천으로

90년대 벽두,
어쩔 수 없는 촌놈 근성 때문인지, 무능력 때문인지
늘 기름에 물처럼 겉돌기만 하고 좌충우돌, 우왕좌왕하던
도시의 바람찬 삶을 청산하고
봉고 트럭에 서른 한 살의 남루한 삶을 싣고
낙향했습니다.

마른 먼지 풀풀 날리는
미루나무 신작로길 투덕투덕 걸어서
새마을 슈퍼 처마 나즉한
장터 모퉁이 들어서니
저기 와우산이 슬핏 내려다 보고
돌아 서대요. 크릉,
속울음 삼키며 돌아 눕대요

까치집 이고 선 감나무에선
늦여름 매미소리 자지러들고
쇠전마당 텅빈 외양간에는
워랑워랑 워낭소리
들리는가도 싶어서 마른 햇살 한 줄기 댓바람에

쓸려가는 장터 모퉁이,

우두망찰 쭈그려 앉아 귀
기울여 봤대요,
길 없는 땅바닥만
내려본대요.

-졸시「귀향」전문

아버지의 뒤를 이어 몇 뙈기 다랑이 밭에 어설픈 농사를 지으며
그럭저럭 행복했습니다.
동짓달 밤이면 우리 집 낡은 비닐 덧창을 때리는 싸락눈소리,
내설악 한계령 골짜기를 벼락처럼 달려 온 바람이
뒤울안 장독대 옆 대추나무를 흔드는 소리에 밤잠 설치고
봄이면 내린천 둑방에 핀 자잘한 들꽃들을 바라보는 삶은
크낙한 기쁨을 주기에 충분했습니다.

그러나 아니었습니다.
마음 밭 한 자락에서 무시로 황사바람이 일고 무엇인지 알 수 없는 허
망함이 가슴을 뒤흔들었습니다.

그랬습니다. 그 대책 없는 그리움은 바로 시였으며,
문학이었습니다.

선거 한 철 술을 팔아
짭짤히 재미 본 아내는
다가 올 선거 날짜를 꼼꼼히 손가락
꼽아 보고 아침마다
서른 아홉의 곰삭은 가래를
한 움큼씩 뱉어 내며
눈꼬리 치뜨는 아내의 눈치나
힐끔거리면서 일 킬로에
오천육백원 하는 호주산 소고기와
신토불이 토종소의 판매 대차 대조를 두들겨 보는
이젠 제법 장사꾼 폼이 잡혀간다던
옛동지의 말을 곱씹어 보면서
그래, 아무려면 어떤가
흔하디 흔한 사랑 노래 한 번
구성지게 못 부를 바에야
신장개업 레벤호프집 광고 팜플렛이나 써 주고
공치사 안주 삼아 쇠주나 한 잔
얻어 마시는 게 더 변증법적 아니겠는가
사람들 부끄러운 시선 피해

시집 한 권 품에 넣고 뒷동산에 오르면
저기 향로봉 자락에 봄기운은 성성한데
눈물나게 좋은 봄날 햇살에 취해
자울자울 해 바라기 눈물납니다.

(졸시 『소시민』전문)

■오늘의 삶 - 적막강산에서 부르는 사랑노래

이틀 밤 사흘 낮을
내리 쏟아 붓는 폭설로
하루 다섯 번
읍내 가는 신작로길
두절된 지 오래 됐고
전화마저 불통된 골방에
웅크리고 앉아서
쥐오줌 얼룩진 벽천장의
사방연속무늬만 대책 없이
헤어 보며,
그리운 사람에게는
소식 한 자락 없는데
돈도 되지 못하는
생똥 같은 시나 끄적거리면
대체, 뭘 하나

텅빈 겨울산,
바람 찬 들판 가로질러
훨훨 손 흔들며 날아가는
텃새 떼...

-졸시, 「적막강산」 전문

빗님 오시는 날,
우리집 낡은 슬레이트 추녀 끝에서
뚜욱 뚝, 떨어지는 빗소리를 들으며
애호박 썰어 넣은 감자전을 앞에 놓고
마음 통하는 친구들과 막걸리를 한 잔 하거나,
고단한 하루의 일과를 접고
선홍빛 노을 부서지는 저녁강가에 쭈그리고 앉아
정희성의 「저문강에 삽을 씻고」를 흥얼거리는
낙으로 살아가고 있습니다.

제 남루한 삶이,
시詩답잖은 문학이 비록 구원救援은 못 될지라도
내린천가에 핀 노란 민들레며 하얀 망초꽃, 연사색 패랭이꽃
이름 모를 자잘한 들꽃들의 소리를,
하늬바람에도 몸 뉘이는
들풀처럼 선하게 살고 있는 우리 이웃들의 얘기들을
어눌한 글로나마 담아내고 싶습니다.

2024. 겨울의 길목,
내설악 한계령에서

항일민족시인의 삶과 문학

시에서 길을 찾다
손홍기 문학평론

초판인쇄 2024년 12월 31일
초판발행 2024년 12월 31일

지은이 손홍기
펴낸이 이해경
펴낸곳 (주)문화앤피플뉴스
등록번호 제2024-000036호
주소 서울 중구 충무로2길 16, 4층 403호 (충무로4가, 동영빌딩)
대표전화 02)3295-3335
팩스 02)3295-3336
이메일 cnpnews@naver.com
홈페이지 cnpnews.co.kr

정가 15,000원
ISBN 979-11-989877-7-8 (03180)

이 책은 강원특별자치도, 강원문화재단 후원으로 발간되었습니다.